Gunter Haug

TIEFENRAUSCH

Inhalt

Horst »Hotte« Meyer, Kriminalkommissar im Urlaub, glaubt seinen Augen nicht zu trauen: 65 Meter Tiefe zeigt der Tauchcomputer der verunglückten Taucherin an, die gerade geborgen worden ist. Und wo befindet sich ihr Begleiter? Der ist offensichtlich spurlos im Roten Meer verschwunden!
Mord? Selbstmord? Ein Taucherunfall? Fragen über Fragen und schon beginnen die Ermittlungen, die von Ägypten über Ulm bis nach Osttirol reichen, um den mystriösen Vorgängen auf den Grund zu kommen.

**Krimis im Gmeiner-Verlag:
die mit dem besonderen Pfiff!**

Gunter Haug, selbst begeisterter Taucher hat nach fast einem Dutzend Büchern zur Landesgeschichte hier seinen ersten Kriminalroman vorgelegt, der bei den Rezensenten auf begeisterte Zustimmung gestoßen ist.

Gunter Haug

TIEFENRAUSCH

Kriminalroman

KRIMI IM GMEINER-VERLAG

Die Deutsche Bibliothek – CIP-Einheitsaufnahme
Haug, Gunter:
Tiefenrausch : Kriminalroman /
Gunter Haug. - 2. Aufl. - Meßkirch : Gmeiner, 2002
(Reihe Krimi im Gmeiner-Verlag)
ISBN 3-926633-41-7

http://www.gmeiner-verlag.de
eMail: info@gmeiner-verlag.de

Ehnried-Hof, 88605 Meßkirch
2. Auflage 2002
Umschlaggestaltung: Frank Heine
und Nicole Körner, Stuttgart
Gesetzt aus der 10/14 Punkt Stempel Garamond
Druck: Elsnerdruck GmbH, 10722 Berlin
Printed in Germany
ISBN 3-926633-41-7

Allen, denen die Tiefe mehr bedeutet,
als ein dunkles, schwarzblaues Nichts …

Kapitel I

»Öd, öd, öd ...«, irgendwie kam ihm das Zitat bekannt vor. Horst Meyer, Kriminalkommissar auf Urlaub, (Meyer mit ey wie Ei nur mit Ypsilon, haha – der übliche Meyer-Gag bei der Begrüßung von neuen Kollegen) überlegte gelangweilt, wann er welchem Kind aus welchem Buch diesen Satz beim Schlafengehen wohl vorgelesen hatte. Na ja, für die Zustandsbeschreibung dieses trostlosen Sandhaufens mit dem phantasievollen Namen »Coral Reef« passte es auf jeden Fall hundertprozentig. Da lag man also nun, samt seiner Angetrauten, und glotzte trübsinnig auf wahrhaft optische Highlights: Entweder die endlose eintönig dunkel-schwarzblaue Fläche des Roten Meeres, oder aber – genau hundertachtzig Grad entgegengesetzt – auf die nicht minder triste hellbraune Sanddecke, mit gelegentlichen rostbraunen Flecken darin: Der ägyptischen Wüste zwischen Hurghada und dem Niltal bei Luxor.

Und dabei hatte alles so verheißungsvoll begonnen: Mitte Oktober der schnellgefasste Entschluss, einen Last-Minute-Urlaub zu buchen, die Kinder während der Herbstferien ab zur Oma, die Praxis von Claudia eine Woche dichtmachen (egal, ob den lieben Kollegen, die Vertretung während der Schulferien genehm war oder nicht), die Latte von Überstundentagen bei der Ulmer Kripo etwas kürzen (Chefgejammer hin oder her – ein dezenter Hinweis auf den Tarifvertrag hatte genügt und große Karrierehoffnungen machte Horst sich eh nimmer, dafür hatte er viel zu viele Probleme mit seiner »Schwertgosch«, die er halt nie halten konnte, wenn es taktischerweise angebracht gewesen wäre), Gang ins Reisebüro: Zwei Restplätze für eine Woche Halbpension im Viersternehotel in Hurghada, das alles sogar ab Stuttgart – genau in den Herbstferien – endlich mal wieder Tauchen, nach drei Jahren kindes- und praxisaufbaubedingter Pause! Nur vier Stunden Flug und schon sei man dem ewigen Nebelloch Ulm entronnen und mitten im hitzigen Afrika. Schlichtweg ideal, die Geschichte!

Tja – und dann? Am Spätzleflughafen in Stuttgart-Echterdingen gab's mal wieder keine Parkplätze, schließlich nach einer endlosen Kurverei doch noch einen, ganz hinten, drüben: Um fast 200 Mark die Woche *(drei Tauchgänge weniger!)*. Durch die Verspätung dank der Parkplatzsucherei war man nicht wie erhofft als Erste beim Einchecken angelangt, vor ihnen hatte sich längst die Warteschlange etabliert und denn auch bereits unbarmherzig zugeschlagen, als die Meyers (Meyer mit ey) endlich dran waren: Der Sitzplatz ganz vorne oder bei den Notausgängen für mehr Beinfreiheit längst belegt, Nichtrauchersitze, nein, da hätten sie bälder kommen müssen, schüttelte der bebrillte Drachen beim Einchecken genauso vorwurfsvoll wie verständnislos die blonde Dauerwelle.

Anschließend Verspätung beim Abflug wegen Enteisung (und da kamen wie immer erst mal die Linienflüge an die Reihe), dann, kaum in der Luft, die erste Zigarette des Nebensitzers, das Essen (sowieso so ein Blödsinn bei einem vierstündigen Flug, da noch eingequetscht wie eine

Sardine unbedingt ein warmes »Menü« zu sich nehmen zu müssen) mit Selleriegemüse (!!!), dann endlich durch die Rauchwand hindurch ein traumhafter Blick aufs Niltal bei Luxor. Doch von wegen: »Ab jetzt beginnt der Urlaub!« – Zwischenlandung, 15 Leute ausgestiegen (natürlich nur die Nichtraucher!) und dann – warten, warten, warten. Bis schließlich die Stewardess sich zu erklären bequemte, man könne nicht starten, weil der Flugplatz in Hurghada überlastet sei. Erst wenn dort einige Flieger den Airport verlassen hätten, könnten sie aufsteigen. Nein, die Maschine verlassen, das ginge nicht, schließlich könne ja jede Sekunde die Freigabe erfolgen. Die Stewardessen genervt, die Luft in dem stickigen Flieger zum Schneiden und zu allem Überfluß waren auch noch die Klos allesamt vollgeschissen: Beharrlich leuchteten zumindest die roten Lämpchen vor der Toilette: »Closed« und »Lavaratory empty« – keine Chance mehr auf einen ordentlichen Stuhlgang!

Nach schlappen zwei Stunden 20 Minuten war's dann tatsächlich soweit und kaum oben, da ging's auch schon wieder runter – zumindest fast. Den Albtraum aus Hotels namens Hurghada, der sich da zwischen Wüste und Meer gequetscht den Passagieren darbot, den würde er in den nächsten Jahren noch im Schlaf erkennen, so oft waren sie über dem »Traumziel am Roten Meer« gekreist, denn, oh Wunder, der Flughafen war immer noch belegt gewesen. Aber schließlich hatte es ja geklappt, man war runtergekommen, mit heilen Knochen sogar (so eine Landung, dazu noch irgendwo in Afrika, verschaffte

Horst immer ein wabbliges Gefühl im Bauch, Claudia offenbar auch, denn sie hatte nach dem etwas ruppigen Aufsetzen auf die Piste erst mal hörbar die Luft ausgestoßen und gemeint: »Heut' darf wohl wieder der Lehrling das Landen üben!« – so hatte es tatsächlich den Anschein!).

Wenn er gemeint hatte, das sei's nun gewesen, dann hatte Horst jedoch die Rechnung ohne die ägyptischen Zoll- und Visakontrollen gemacht. Was heißt Kontrollen: Die Gebührenmarke, die in den Reisepass geklebt werden sollte (mit rund 30 Mark pro Nase sicher eine der teuersten Briefmarken der Welt), zwecks amtlicher Erteilung der Einreisegenehmigung für den deutschen Staatsbürger Horst Meyer aus Ulm, die gab's nur an einem einzigen Schalter und vor dem war die Schlange, die er auf dem Stuttgarter Flughafen verflucht hatte, ein kleines Würmchen, verglichen mit der Steherei, die nun folgte. Als aus den Eheleuten Meyer dann schließlich das stolze Besitzerpaar der notwendigen blauen und orangen Marken geworden war, war mit einem Mal ein hektisches Männlein vor den beiden aufgetaucht, das ihnen wild mit dem Logo ihres Reiseveranstalters vor der Nase herumfuchtelte und in abenteuerlichem ägyptisch-englischem Deutsch schließlich verklickerte, jetzt dürfte man sich der nächsten Schlange zuwenden und danach stehe dem Transfer ins gebuchte Hotel fast (halt bis auf die Pass- und Gepäckkontrolle) nichts mehr im Wege.

Bevor die Meyers das Kauderwelsch richtig verdaut und eine Erwiderung formuliert hatten, war das Männlein schon wieder verschwunden: Unerreichbar für noch visumlose deutsche Touristen hinter die MG-bewehrte Passkontrolle. Also, die nächste Schlange – immerhin gab's hier vier Schalter, das stimmte kurzzeitig hoffnungsfroh, bis zur Erkenntnis, dass nur einer davon mit einem Menschen besetzt war, der sich die Seele aus dem Leib zu schreiben schien, während die Kollegen das Werk des ägyptischen Syssiphus mit Interesse begutachteten und untereinander offenbar auch diskutierten. Na ja, auch die längste Schlange der Welt wurde (ein Wunder Allahs) mit der Zeit tatsächlich kleiner und dann ... – Nein, was um alles in der Welt war denn jetzt schon wieder los!?

Horst Meyer schreckte auf und sah sich unsanft aus seinen dämmrig-grummeligen Erinnerungen gerissen, denn in allernächster Nähe hatte jemand urplötzlich ein Düsentriebwerk angeworfen, das naturgemäß, wie das halt bei Düsentriebwerken so ist, einen Höllenlärm veranstaltete. Nur dass man beim Durchbrechen der Schallmauer auch noch eine verzerrte Stimme vernehmen konnte, die unablässig »Avanti, avanti!!« zu brüllen schien, das war für ihn denn doch eine neue Erfahrung.

»Oh, diese verdammten Italiener!« – auch Claudia Meyer war hochgeschreckt und blinzelte empört in Richtung Swimmingpool. Dort hatte eine Handvoll italienischer Animateure die Stereoanlage angeworfen, auf die Sekunde genau, wie jeden Mittag, preußisch korrekt exakt um 12 Uhr, und versuchte nun das Häuflein vor sich hindösender Ägyptentouristen mittels Lautstärke und wildem Herumgefuchtel zum mittäglichen »Splashdance« in den Pool zu treiben. »Fünf Animateure und drei Blödiane, die mitmachen, die gehören auf den Mond geschossen«, maulte Claudia weiter. »Nix gegen Italiener, wenn sie bei sich im Land bleiben, aber das hier ist die reinste Folter.«

»Sonst rennst du zu Hause doch auch in jede Gymnastik, was hast du denn jetzt mit einemmal dagegen?« versuchte Horst, das Feuer bei Claudia noch ein wenig zu schüren. Immerhin wenigstens eine kleine Abwechslung in dem trüben Herumgehänge am Hotelstrand.

»Ja, aber das will ich schon selber entscheiden, wann ich wo Gymnastik machen will – und vor allem, unter welchem Schallpegel«, fauchte Claudia und wedelte gleichzeitig heftig mit den Armen. Das sollte einem der zahlreichen ägyptischen Boys gelten, die am Pool und am Strand für den Service zu sorgen hatten, was manchmal sogar klappte, manchmal ...

»Mein Gott, der Idiot hat mich doch winken sehen, wieso kommt der denn nicht«, Claudia verdrehte die Augen und schickte eine hilflose Geste gen Himmel.

»Der hat gedacht, du verscheuchst ihn«, goss Horst noch ein Tröpfchen Öl mehr ins Feuer.

»Blödmann! Also gut, dann trinke ich halt nichts. Ich möchte bloß wissen, wie die auf einen grünen Zweig kommen wollen, wenn sie nie da sind, wenn man sie braucht. Da wuseln hunderte von Kellnern herum und keiner macht Umsatz!«

»Inschallah!« entgegnete Horst, der sich innerlich köstlich über seine aufgebrachte bessere Hälfte amüsierte – obwohl sie natürlich Recht hatte.

»So langsam glaube ich das doch, was gestern der Manfred gesagt hat: Die Ägypter können die Pyramiden auf keinen Fall gebaut haben, guck sie dir doch an, völlig unmöglich, dass die Kerle zu so was in der Lage waren«, resümierte Claudia angesichts der Tatsache, dass der mittägliche Drink samt Kellner endgültig das Weite gesucht hatte.

»Na ja, da liegen ja auch drei-, viertausend Jahre dazwischen, wer weiß, was da inzwischen passiert ist«, griff Horst den Faden auf. »Vielleicht, das heißt, ganz sicher, waren die mit ihrer Kultur schon auf einem Höhepunkt, als unsere Vorfahren noch auf allen Vieren in den Höhlen herumgekrochen sind. Und nach einem Höhepunkt geht's bekanntlich immer wieder runter, warten wir mal noch zweitausend Jahre bei uns, da wäre es ...« Doch weiter kam er in seiner philosophisch-anthropologischen Analyse nicht mehr, denn just in diesem Augenblick kam einer der ägyptischen Kellner laut rufend und mit den Armen rudernd auf sie zugelaufen.

»Na, so schnell muss es dann auch wieder nicht sein«, kommentierte Claudia, die sich nun ganz in ihrem Liegestuhl aufgesetzt hatte, den Sprint des Obers. »Was hat der Kerl denn bloß so Wichtiges? Die rennen doch sonst nie so!«

Und da war er auch schon bei ihnen angelangt, keuchend, prustend, schwitzend, nach Luft ringend: »Daiffer, ... daifffer, missterr, thärre, daifffer with troubbbel, sörr!«

»Was meint der, Claudia«, fragte Horst völlig verständnislos. »Ich hab überhaupt keinen Ton verstanden und dann noch in diesem Afrikanerenglisch!« Horst war sich sowieso darüber im Klaren, dass er mit seinem Schulenglisch auch gegenüber einem astreinen Engländer nur die Hälfte verstanden hätte – und im Ausland war das alles natürlich noch viel schlimmer.

Außerdem gestand er sich durchaus ein, dass er es mit seinem Wortschatz nie und nimmer gegen seine Frau aufnehmen konnte, die immerhin während ihrer Arztausbildung einmal zwei Semester lang in den Vereinigten Staaten studiert hatte und auch heute noch medizinische Fachzeitschriften las (und das auf Englisch!).

»Sei mal ruhig, lass ihn mal zu Atem kommen«, brachte Claudia ihren Ehemann zum Schweigen.

»Miß«, keuchte der immer noch um Atem ringende Ägypter, »see ..., daiffferr, thärrr!«

Dabei wies er mit dem ausgestreckten Arm in Richtung Meer. Und tatsächlich – irgendetwas schwamm da im Wasser, leuchtendes Neongrün zwischen hellem Gelb, daneben ein knallrotes Etwas, natürlich, die Signalboje für Notfälle, die Taucher immer bei sich trugen!

»Horst, der meint einen Taucher, diver, da schau doch mal!«

Doch auch Horst hatte in der Zwischenzeit längst kapiert, worum es ging und war schon im Dauerlauf auf dem Weg ins Wasser.

»Horst, Vorsicht! Die Korallen!« rief Claudia, doch es war schon zu spät.

Ein Aufschrei, ein Platschen, doch Horst ließ sich allem Anschein nach auch durch die scharfkantigen Korallen im Flachwasser nicht irritieren, sondern schwamm mittlerweile so schnell er nur konnte, auf das merkwürdige signalgelb-grün-rote Etwas zu, das Claudia als einen in Not geratenen Taucher identifiziert hatte.

»Please, come and help my husband, this is an emergency case!«, rief sie den entgeistert am Pool stehenden Italienern zu, die vor lauter Glotzen immer noch keine Anstalten machten, die Musik leiser zu drehen und endlich zu Hilfe zu kommen. Ob sie wegen der Lautstärke der Musik oder wegen der fast schon sprichwörtlichen Englischschwäche der versammelten squadra azzurra keine Hilfe bekam, interessierte sie in diesem Augenblick nicht die Bohne. Es blieb nichts anderes übrig, als die drei-, vierhundert Meter zur Tauchbasis zu spurten, in der Hoffnung, das dort stationierte Schlauchboot mit Außenbordmotor gerade funktionsbereit am Steg vorzufinden.

Kapitel II

Vier Flugstunden nordwestlich von Hurghada döste Michael Protnik hingebungsvoll in seinem Drehstuhl dem Ende eines langen, anstrengenden Arbeitstages entgegen. Ein offensichtlicher Selbstmord, ein Amtshilfeersuchen der Hamburger Kollegen, das sich auf den Lebenslauf eines »alten Bekannten« der Ulmer Kripo bezog und ein 99prozentiger, diesmal geglückter Ausreißversuch eines 15-Jährigen, dessen Eltern natürlich gleich Mord- und Totschlag witterten, hatten es nicht vermocht, das Interesse am Job so stark zu schüren, dass die penible Aktenrecherche Oberhand über das legitime Schlafbedürfnis eines 45-jährigen Staatsdieners gewonnen hätte.

Doch es kam, wie es immer kam: Mitten im erfolgreichsten Traum des Tages, Michael hatte gerade seinem Vorgesetzten, dem Kriminaloberrat Alfred Unterhauser, kräftig den Marsch geblasen und ihn nach allen Regeln der Kunst zur Minna gemacht, da gellte eine unangenehm hohe Frauenstimme an sein Ohr: »Sputnik, ja sag mal, Sputnik, wieso gehst du denn nicht ans Telefon, wenn's klingelt!«

Batsch – aus war der schöne Traum, gerade dann, als Unterhauser seinen Untergebenen mit allen Anzeichen der Zerknirschtheit um Verzeihung bitten und ihm als Ausgleich für seine Untaten den »Kriminalhauptkommissar« versprechen wollte.

»Da pennt der Kerl mitten am helllichten Tag einfach so zwischen seinen Akten, geht nicht ans Telefon und verschläft womöglich noch den Dienstschluss!«, polterte Uschi Abele, die pummelige Sekretärin der Mordkommission II der Ulmer Kripo, ohne Rücksicht auf Verluste schöner Träume weiter in Richtung Michael Protnik. »Na, jetzt wird mir langsam klar, woher deine hundertfünfzig Überstunden kommen, Sputnik!«

»Ist ja gut, ist ja gut«, beschwichtigte sie der so unsanft geweckte und somit immer noch etwas benommene Protnik, der es im übrigen gar nicht leiden konnte, wenn ihn jetzt schon die Sekretärinnen bei seinem Spitznamen riefen, den ihm einst, kurz nach dem Beginn ihrer – nicht immer reibungsfreien – Zusammenarbeit, sein direkter Vorgesetzter, der Kriminalkommissar Horst »Hotte« Meyer verpasst hatte. Aber was sollte man machen, vor allem zu Zeiten, in denen deutschstämmige Aussiedler aus Russland mit einem Schlag längst nicht mehr so willkommen waren, als vor der Öffnung des Eisernen Vorhangs. Zwar war er einer von den »Alten« und somit schon 25 Jahre im Land (er erinnerte sich praktisch gar nicht mehr an das Leben früher in der Sowjetunion, irgendwo in einem trostlosen Nest in der Ukraine), dennoch war man seit der »Aussiedlerschwemme« (ein furchtbares Wort, das jetzt ausgerechnet diejenigen in den Mund nahmen, die früher nicht genug deutsche Patrioten sein konnten und ihrer armen Landsleute im roten Osten wegen so manche Krokodilsträne vergossen hatten – in der sicheren Überzeugung, das dumme, aber wahlkampftaugliche Geschwätz nie in die Realität umsetzen zu müssen) plötzlich »einer von denen, dessen

Urgroßvater mal einen gekannt hat, der einen gekannt hat, der einen deutschen Schäferhund besitzt« – und schwupps hatten sie ihn umgetauft, von Protnik in »Sputnik« Haha! Ansonsten war das Verhältnis zwischen den beiden blendend: Zu blendend manchmal, so empfand es wenigstens Hottes Frau Claudia, die es nun mal nicht ausstehen konnte, dass Sputnik und Hotte sich so manchesmal zur Feier des Dienstendes noch einen »Scheidebecher« genehmigten – schließlich würde man sich ja erst in gut 14 Stunden wiedersehen und das galt es, zu begießen. Na ja, ab und zu kam's vor, dass dem ersten Abschiedstrunk ein zweiter »Scheidebecher« folgte: »Und dann als Bulle noch Autofahren, ihr spinnt ja!«, hatte Claudia, die Ärztin, mehr als einmal heftig protestiert. In Wirklichkeit aber, das zumindest vermutete der Sputnik, war sie darüber sauer, dass ihr Hotte so manche Mark in der Kneipe liegenließ, die sie viel lieber zum Abbezahlen ihres Häusches verwendet hätte, das sich die beiden vor fünf Jahren geleistet hatten. Schließlich lief die Kinderarztpraxis von Claudia auf den ersten Blick zwar blendend, in Wirklichkeit aber warf sie seit der »Gesundheitsreform« und wegen ihrer recht üppig mit Helferinnen ausgestatteten Praxis längst nicht das ab, was Otto-Normalverbraucher sich immer unter dem Einkommen einer freipraktizierenden Ärztin so vorstellte.

»Also Bebele« er wusste, bei dieser Verballhornung ihres Namens würde nun ihrerseits die untersetzte Wuchtbrumme von Sekretärin rotsehen, »was gibt's denn eigentlich?«

»Was es gibt«, fauchte Uschi Abele erwartungsgemäß giftig zurück, »dein Chef hängt in der Leitung und du nimmst nicht ab!«

»Mein Chef, welcher Chef? Beim Staat gibt's doch nur Chefs, also sag schon!«

»Na wer wohl, der Hotte natürlich!« Uschi Abele verdrehte genervt die Augen.

»Aber der Hotte ist doch in Ägypten, Urlaub, nix Deutschland, nix schaffen, du verstehen, Genossin Sekretärin«, holte Protnik, der irgendeinen üblen Ulk vermutete, den sie ihm wieder mal spielen wollten, nun zum Gegenschlag aus.

»Blödmann, das weiß ich auch, dass der Hotte Urlaub hat und in Ägypten tauchen will – aber trotzdem ist er hier am Telefon und will dringend dich sprechen!«

»Also gut, Bebele, dann gib ihn mir halt – meine Güte, so ein elender Zirkus!« worauf sich die Angesprochene umdrehte und beleidigt ihre 85 Kilo in Richtung Sekretariat hinauswälzte, um zur telefonischen Verbindung des Kriminalkommissars Horst Meyer mit seinem Kollegen Michael Protnik zu schreiten.

»Du meine Güte, die Schwaben mit ihrem Verniedlichungstick«, dachte Protnik angesichts der Masse Mensch, die sich da zum Telefon im Vorzimmer bewegte. »Abel oder Bebel, das würde passen, aber von einem -le kann doch bei der in hundert Jahren keine Rede sein!«.

Da endlich klingelte das Telefon, als Zeichen dafür, dass Uschi Abele als letzte Amtshandlung für heute tatsächlich die Verbindung zustande gebracht hatte (ein seltener Triumph, den Protnik normalerweise mit vielen spöttischen Bemerkungen garniert, zu würdigen gewusst hätte. Doch er wusste genauso sicher, dass die Sekretärin Punkt 16.30 Uhr das Büro verlassen würde, also in ziemlich genau 30 Sekunden: Keine Chance mehr, heute noch irgendwelche Giftpfeile zu versenken): »Protnik, ja sag mal, bist du das tatsächlich Hotte, hast du schon Sehnsucht nach uns ...« doch weiter kam er nicht, ein geradezu himmelschreiendes Gezeter ertönte nämlich nun aus dem Hörer: »Seid ihr denn alle wahnsinnig geworden in Ulm! Habt ihr denn nur eine ungefähre Ahnung davon, was das kostet, so ein Telefonat aus Ägypten!«

(Ja, doch, schätzungsweise zwei Tauchgänge weniger).

»Die lassen dich eiskalt schon das Verbinden und das Durchklingeln zahlen, mein Gott und dann lupft da keiner seinen Arsch und geht ran!« *(Dann komm halt endlich zur Sache, sonst wird's noch teurer!)*

»Sputnik, hallo Sputnik, bist du noch dran?!«

»Ja, wo soll ich denn sonst sein – jetzt halt aber mal die Luft an!« auch Protnik war jetzt kurz davor, zu explodieren. Schließlich hatte er noch mehr zu tun, als sich von urlaubenden Kollegen anschnauzen zu lassen. »Sprich mal aber langsamer, so gut ist die Verbindung nicht.«

»Also Sputnik, hast du was zum Schreiben?«

»Meine Güte, jetzt leg aber mal los, ich sitz ja schließlich am Schreibtisch!«

»So – dann pass auf: Überprüf mal bitte folgende Namen: Theurer, Angelika, Theurer mit H und Angelika mit K.«

»Mit was denn sonst, mit Ei wie Meyer vielleicht?« Protniks Laune bewegte sich dramatisch nach unten – immer wieder an den einen oder anderen Rechtschreibfehler erinnert zu werden, der einem halt unterlief, wenn man nicht zwischen Maas und Memel geboren worden war.

»Schnauze Sputnik! Also Theurer, Angelika und dann der zweite Name: Rambacher, Martin, O.K..?«

»Rambacher mit P oder B?« *(na warte Freundchen, dir werd ich's zeigen)* stellte sich Protnik ahnungslos.

»R . A . M . B . A .C .H . E . R. , und Martin wie Iwan oder Igor, alles klar Sputnik?« bellte Meyer durchs Telefon. *(Blödmann!)*

»Ja, ja, ist ja schon gut – aber wozu ...«

»Hab ich jetzt keine Zeit zu erklären – ich melde mich morgen wieder, sonst wird's noch teurer, also: Morgen, gleiche Zeit, überprüf' die beiden bitte bis dahin.« Peng, tuuuut – und die Leitung nach Ägypten war unterbrochen.

»Hätte ja wenigstens noch fragen können, ob ich morgen überhaupt hier bin«, maulte Protnik, der mittlerweile mutterseelenallein in den Räumen der Mordkommission II zurückgeblieben war, vor sich hin. »Typische Chefallüren, der ›LENOR‹ (im internen Sprachgebrauch der Ulmer Kripo: Leibeigener Neger ohne Rechte) hat immer da zu sein, und wenn nicht, dann gibt's einen Satz heiße

Ohren und Schluss ist's mit den Beförderungsaussichten!« Also machte er sich auf den Weg – zum einsamen Dämmerschoppen in die »Forelle« im wunderschönen Ulmer Fischerviertel. Die Personenabfrage, na ja, das reichte ja dann wohl auch morgen noch …

Kapitel III

Im Viersternehotel »Coral Reef« war die Hölle los. Gäste, Manager, Taucher samt der ganzen Besatzung der Tauchbasis standen in einer riesigen Traube um ein Sofa in der Eingangshalle, auf das ein nasses, schwarzes Etwas mit neonfarbenen Streifen an der Seite, gebettet worden war. Mike, der »Divemaster«, der Chef der Tauchbasis mit Namen »Red sea shark divers« (was diese Phantasienamen anging, da waren sie fast alle gleich, die Tauchbasen hier unten und nicht nur die Meyers hatten sich schon gehörig über die »Haifischtaucher vom Roten Meer« amüsiert) stand über das nasse Etwas gebeugt und machte sich zum wiederholten Mal am einen Ende des Bündels zu schaffen: »Wann kommt denn endlich ein Arzt? Meine Güte, wie lange dauert das denn?«

»Eine Ärztin ist schon längst da, das wissen Sie doch«, entgegnete Claudia Meyer in diesem Moment ziemlich ärgerlich dem braungebrannten Haifischtaucher und drehte sich auf dem Nachbarsofa von ihrem unglücklich dreinschauenden, ebenfalls patschnassen Horst hinüber zum Divemaster.

»War doch nicht so gemeint, aber Sie sagen doch selber, Sie hätten keine Ahnung bei Tauchunfällen, oder«, vollbrachte der hypernervöse Tauchlehrer in bestem Schwyzerdütsch tatsächlich so etwas wie eine Entschuldigung.

Wieso eigentlich konnte man auf der Welt hinkommen, wo man wollte und es war immer schon ein Schweizer Tauchlehrer vor Ort? Die Meyers hatten schon öfter mal hochgerechnet und sich gefragt, ob es denn überhaupt sein konnte, dass ein so kleiner Staat so viele Taucher hervorbrachte. Schließlich gab es in dem Alpenvolk ja auch noch eine Unmenge an Skilehrern, Sennern und Bankern – wo sollten die denn alle herkommen?

»Wir brauchen jetzt dringend ein Auto, wenn die mit dem Krankenwagen nicht augenblicklich vorbeikommen, oder! Die Frau«, und damit wies er auf das vor ihm liegende, ganz leicht zitternde Etwas, »die Frau muss so schnell wie möglich in die Druckkammer, oder!«

»Völlig richtig, aber wenn Sie hier rumstehen und Hektik verbreiten, dann gerät sie noch in Panik und dann haben Sie grade das Gegenteil von dem erreicht, was Sie wollten!« Claudia konnte den Typen sowieso nicht leiden, denn der hatte sie und Horst am ersten Urlaubstag kodderschnäuzig, wie sie am Anfang ja fast immer zu Neuankömmlingen waren, abfahren lassen. Anfänger hatte er sie genannt, 22 Tauchgänge, lächerlich – keinen Diveinstructor (Tauchbegleiter) hatte er nach dem Check-Tauchgang für sie frei gehabt und allein mit gefüllter Pressluftflasche wolle er sie nicht ans Riff gehen lassen, das sei doch viel zu gefährlich mit ihrer mangelnden Erfahrung (obwohl das Riff bis maximal 20 Meter tief ging, jede Menge Sicherheitsreserve für Notfälle also): Schweizer Überperfektion mal wieder, aber was sollte man machen? Wenn der Kerl sagte, er habe die nächsten Tage keinen Begleiter frei, konnte man die glatten Wände hoch krabbeln, doch auch das blieb ergebnislos. In Wirklichkeit hegten die Meyers aber den leisen Verdacht, dass der Divemaster sie nur zu den teuren Bootsfahrten raus ins Meer nötigen wollte, bei denen für die Basis offenbar viel mehr hängenblieb, als einfach nur ein paar Fränkli für's Flaschenbefüllen zum Tauchen am Hausriff.

»Weißt du«, (Taucher sind ja immer gleich auf »DU« – ob einem das passte oder nicht und Claudia passte es eigentlich nicht), »das hab ich schon beim ›open water diver‹ *(der ersten Prüfung einer internationalen Tauchorganisation ›PADI‹ für Taucher, die zum freien Tauchen mit Begleiter berechtigt)* gelernt!«

Der Schuss saß, denn Mike war mit seiner Basis der Konkurrenzorganisation »SUBEX« angeschlossen (Merkwürdig, auch da hockten beide Zentralen, die Europazentrale von PADI und die SUBEX-Zentrale ausgerechnet wieder in der Schweiz!).

»Also, was soll ich jetzt machen, mich neben Sie setzen, oder, und Sie dann verrecken lassen, oder?!«, Mike schaffte es nicht, so cool zu bleiben, wie er das sonst tagein-tagaus den blassen Tauchamateuren aus Mitteleuropa immer so mehr oder minder beeindruckend demonstrieren konnte. Coolness, die er mit viel Übung zu seinem Markenzeichen aufgebaut hatte und das ärgerte ihn natürlich erst recht. Aber die Negativwerbung für seine Basis durch den saublöden Unfall und die mit Sicherheit auf ihn zukommenden bohrenden Fragen der SUBEX-Zentrale nach dem Unfallhergang jagten ihm einen Schauder nach dem anderen durch den braungebrannten, Bodybuilding gestylten Körper.

»Aber mehr kannst du doch gar nicht tun, linksseitige Lagerung, Füße hoch, genau wie im Lehrbuch – holt noch zwei Decken für sie«, wies Claudia einige andere mehr neugierig als hilfsbereit herumstehende Mitglieder der Tauchbasis an »und rauchen würde ich nun wirklich nicht in der Nähe einer verunglückten Taucherin!« herrschte sie den nervösen Mike an, der gerade mit zittrigen Fingern versuchte, sich eine Zigarette anzustecken, dieses Vorhaben aber nun mit einem wütenden Seitenblick auf die Ärztin wieder aufgab.

»Bringt mir mal jemand einen Whisky«, ließ sich da vom Nebensofa eine gequälte Stimme vernehmen. »Und zwar gleich einen doppelten, aber keinen ägyptischen! Scheißegal, was das auch immer kostet!« Horst stand noch immer unter dem Eindruck der zwei Cognacs, die sie sich vor drei Tagen zur Feier der glücklichen Ankunft im Hotel abends genehmigt hatten. Am nächsten Tag hatte er vorsichtshalber erst mal nach dem Preis gefragt, als der Ober (da waren sie mit einemmal ganz dienstfertig und beflissen, wenn man solche Edelgetränke geordert hatte) unaufgefordert wieder mit der Flasche und zwei Cognacschwenkern an ihren Tisch kam. Bei der Antwort hatte er gemeint, sich verhört zu haben und deshalb extra noch mal nachgefragt: 104 ägyptische Pfund (also umgerechnet rund 60 – in Worten sechzig – Mark)!!!

Nein, er habe nicht wissen wollen, was die Flasche koste, hatte Horst erwidert, die beiden Drinks, wieviel müsse man dafür bezahlen. Aber der Kellner hatte freundlich lächelnd auf den 104 Pfund beharrt und irgendwann war den beiden klargeworden, dass der schöne Abend damit gelaufen war. Seitdem erkundigte sich Horst grundsätzlich bei der Getränkebestellung, was die Flasche Mineralwasser oder das Bier kosteten. Das hatte ihm zwar schon einige schräge Blicke der ägyptischen Bedienungen eingebracht, aber das war ihm schnuppe; schließlich war es ihr sauer verdientes Geld, das man ihnen da gnadenlos abzockte, um am Abreisetag den dicken Hammer in Form der Getränkerechnung zu erleben: Nein, Danke!

Doch im Augenblick war ihm solch urschwäbisch-sparsame Kalkulation ferner denn je, jetzt brauchte er einfach einen, und zwar schnell. Die Wunden an seinen Füßen brannten wie Feuer und leicht schummrig war ihm sowieso noch. Er brauchte nur daran zu denken, wie Claudia ihm vorhin die fünf Seeigelstacheln mit dem Messer aus der Ferse gebohrt hatte und wie sie die Schnittwunden gesäubert hatte, die er sich bei seinem Spurt durch das seichte Wasser an den Korallen geholt hatte, die ja scharf wie Rasierklingen waren. Aber schließlich war es ihm ja darum gegangen, die offensichtlich leblose Taucherin so schnell als möglich aus dem Wasser zu holen oder zumindest dafür zu sorgen, dass sie nicht mit jeder Welle noch mehr Wasser schluckte – und das war ihm ja gelungen. Bis das Boot kam, hatte er sie einigermaßen über Wasser halten und stabilisieren können.

Das Wunder geschah, der italienische Manager des Hotels höchstpersönlich erschien vor Horst, samt einem gutgefüllten Glas mit einer durchsichtigen bräunlichen Flüssigkeit darin, bei der es sich ohne Zweifel um den so dringend benötigten Whisky handelte. Ohne Eis zwar, aber egal. »Prego, Signore«, reichte er Horst das Glas, »und vielen Dank für ihre mutige rescue, wie sagt man, für ihre mutige Rettungstat, Signore Meyer! Der Whisky geht naturalmente auf Kosten des Hauses. Salute!«

Na, immerhin, dachte Horst bei sich, schließlich hatte er sich gestern noch wegen der horrenden Nebenkosten (es war ja nicht nur der Cognac: Ein 0,2 Literfläschchen Cola für fünf Mark, trotz der sengenden Hitze bekam man nur kleine Flaschen Wasser – und die zum Preis von 3,50 Mark, ein Bier – dazu noch ein ägyptisches, von dem er nie und nimmer davon zu überzeugen war, dass da 0,5 Liter in der Flasche seien, neun Mark und so weiter und so weiter) mit dem Manager angelegt, aber der hatte ihn kaltlächelnd mit der spitzen Bemerkung abblitzen lassen, Signore Meyer sei in den drei Jahren, in denen er die Ehre hätte, dieses Haus zu leiten, der erste Gast, der sich über die Getränkepreise beschweren würde – mit einem vielsagenden Blick auf Horst hatte er dabei den Kopf geschüttelt – bedauerlicherweise ...

»Aaah ...«, feurig (wenn auch viel zu warm) rann der Whisky Horsts Kehle hinunter und augenblicklich fühlte er sich wieder besser, so viel besser, dass ihm in diesem Moment ein Gedanke durch den Kopf schoss, den offensichtlich noch keiner in dem ganzen aufgeregten Hühnerhaufen vor ihm gehabt hatte. »Sagt mal ... seid doch mal einen Augenblick leiser«, begann er, ohne sich Gehör verschaffen zu können. »Ruhe!« Erst 30 Dezibel mehr brachten den gewünschten Effekt, und nun glotzte ihm die ganze Meute irritiert ins Gesicht. Gut so, denn seine nächste Frage hatte es in sich: »Sagt mal, seid ihr eigentlich sicher, dass die Frau allein getaucht ist. Normalerweise achtet ihr doch am Schalter auch darauf, dass keiner allein ins Wasser geht!« Schließlich war das auch internationale Sicherheitsregel Nummer Eins für Taucher: Niemals allein zum Tauchen gehen, denn wer unter Wasser in Schwierigkeiten gerät, braucht einen Helfer. Grundsätzlich kein Taucher soll sich auf sich allein verlassen – gerade so hatte es in der Vergangenheit eine Reihe von Unfällen gegeben und das Tauchen war wegen solcher Unvorsichtigkeiten als lebensgefährliche Unternehmung in Verruf geraten.

»Mamma mia, bloß das nicht, oder!«, stieß nun der mit einemmal schreckensbleich gewordene Tauchbasis-Chef Mike hervor. »Natürlich – um Gottes Willen, Susanne, du warst doch am Counter, oder, hat die einen Begleiter gehabt, oder?«

Auch die so angesprochene Susanne, ein graues Mäuslein, wie sie des öfteren desillusioniert und sehnsuchtsvoll am Schalter der Tauchbasen in aller Welt hocken und die umfangreiche Maulwurfsarbeit für die braungebrannten, strahlenden Tauchlehrer-Helden erledigen und sich in ihren Träumen immer nur wünschen, doch endlich von ihrem »Mike« oder »Tom« oder »Ben« und wie die Lichtgestalten sich alle nennen, entdeckt und in einer rosafarbenen Kutsche mit weißen Rösslein …

Susanne löste sich aus der Traube der Umstehenden und war tatsächlich, auch wenn das fast nicht mehr möglich schien, noch einen Tick blässer im schmalen Gesichtchen geworden: »Ja sicher hab ich die nicht allein ans Riff gelassen, die sind heute morgen um 9 zu mir gekommen, zu zweit waren sie, die Frau da«, sie deutete mit der Hand auf die verunglückte Taucherin, »und dann war da noch einer dabei, so ein junger, so um die dreißig herum. Den habt ihr doch auch schon alle gesehen, der ist doch mit der damals angekommen!« hilflos blickte sich das Mäuslein um und starrte in Gesichter, denen allmählich dämmerte, was das eben Gehörte zu bedeuten hatte.

»Ja, und wo ist der denn, hat jemand den Begleiter von ihr hier irgendwo in der letzten halben Stunde gesehen, der kann doch nicht einfach verschwunden sein, oder?«, Mike schaute verzweifelt in die Menge, doch einer nach dem anderen schüttelte stumm den Kopf. Nun war es Mike deutlich anzumerken, wie allmählich Panik in ihm aufstieg und die braungebrannte Yuppiefassade mit beeindruckender Geschwindigkeit zerbröselte: Zwei Tauchunfälle an einem Tag in seiner Basis und dabei womöglich sogar ein vermisster Taucher! »Wie heißen die beiden denn eigentlich?«, wandte er sich an die geknickte blasse Susanne. Eine Frage, die momentan weiß Gott nicht von Belang war, »aber sich immer den Anschein von Übersicht und Aktivität geben, komme was da wolle«, war ihm gerade eben durch den Kopf geschossen.

»Ja, da müsst' ich im Buch am Counter nachschauen, so auswendig weiß ich das auch nicht«, stammelte Susanne, die den Anschein erweckte, als gebe sie sich mittlerweile selbst die Schuld an dem Malheur, das am Coral Reef offensichtlich passiert war.

»Angie, heißt die«, meinte da einer der Umstehenden. »Ich hab gehört, wie er sie immer Angie genannt hat.« Dabei deutete der stämmige 50-Jährige mit dem grauen Vollbart auf die verunglückte Taucherin, die mittlerweile unter den beiden Decken, die vom Hotelpersonal gebracht worden waren, leise zu wimmern begonnen hatte.

»Angie, Angie«, schnaubte der Divemaster, »Angie sagt gar nichts, oder! Komm Susanne, hopp, geh zum Counter und hol' die Tauchausweise von den beiden. Ich muss wissen, um wen es sich da handelt, oder. Wir müssen dann eine Suchaktion starten und dazu brauchen wir die Namen, oder!« Allmählich schien die Aktivität in Mike zurückzukehren, der schon wieder eine Spur braungebrannter und selbstbewusster die Nase in den Himmel reckte. Immerhin war ja so ein Unfall auch eine Chance, eine Chance zu beweisen, was man an Notfallmaßnahmen so alles drauf hatte: Baywatch an der Rotmeerküste sozusagen!

In diesem Moment hörten die in der Hotelhalle Versammelten das Quietschen von Reifen und ein wildes Gehupe, das an einen 2 CV in seinen besten Zeiten erinnerte. Gleich darauf entstand am Eingangsportal, das mittlerweile ebenfalls von neugierigen Urlaubern in Beschlag genommen worden war, ein gewaltiges Getümmel und Gezeter, aus dem sich schließlich zwei Ägypter samt Tragbahre befreiten und auf die Mitte der Halle zustürmten. Dereinst mochten ihre Overalls einmal weiß mit orangeroten Applikationen geleuchtet haben, mittlerweile aber besaß die Uniform der mutmaßlichen Rettungssanitäter eher Ähnlichkeiten mit den Tarnanzügen der ägyptischen Streitkräfte bei Nahkampfübungen im Nildelta, doch bevor sich die staunende Menge ihr Urteil über das passende Outfit von Rettungssanitätern am Roten Meer bilden konnte, schoss hinter den beiden ein kleines schnauzbärtiges Männlein bekleidet mit einem leidlich weißen Kaftan in Gummisandalen durch die Menge, verfolgt von zwei Sicherheitsbeamten, die wie der übrige »Securtity-Service« des Hotels auch unnötigerweise mit Maschinenpistolen bewaffnet waren. Schon des öfteren hatte sich Horst insgeheim gewünscht, dass die Schießprügel der Hotelbewachungstruppe um Gottes willen ja nicht geladen wären, denn Zutrauen hatte er zu dieser Art von Faschingssoldaten nicht im Mindesten. »Ich möchte nicht wissen, was passieren würde, wenn das Hotel tatsächlich einmal überfallen würde, wetten dass die in Sekundenbruchteilen das Weite gesucht hätten, und wenn sie jetzt auch noch so martialisch dastehen«, hatte Horst gleich am ersten Abend Claudia zugeraunt, die beim Anblick der in südlichen Ländern offenbar unvermeidlichen MPs sowieso nur die Augen verdreht hatte.

Zwei scharfe, offenbar ziemlich unmissverständliche Befehle von Seiten des Männchens an die Verfolger aber genügten, um die beiden Helden auf der Stelle kehrt machen zu lassen, so dass das zirka 50 Jahre alte, verschrumpelte Männlein, das offensichtlich die Stelle des Notarztes in Hurghada bekleidete, sich nun den in der Hotelhalle Versammelten zuwenden und die Touristen durch seine dicke Hornbrille eindeutig mit allen Anzeichen der Verärgerung ob des gestörten Mittagsschlafes mustern konnte.

»Was ist denn heute schon wieder für eine Schweinerei passiert«, begann das Männlein zur Überraschung der Umstehenden in fast lupenreinem Deutsch mit der Anamnese der Patientin. »Das dürfte wieder ein gefundenes Fressen für ihre Zeitungen in Europa geben: »Touristin beim Tauchen im Roten Meer verunglückt!« und wir hier haben den Schaden, als würden die Anschläge unserer radikalen Glaubensbrüder nicht ausreichen, um unser Image immer wieder kaputtzukriegen!« Sprach's und untersuchte gleichzeitig die verunglückte Taucherin, in dem er die Decken beiseiteschlug, kurz den Puls fühlte, Augenreaktionen testete und sich danach flugs wieder aufrichtete. »Deko-Krankheit, kein Zweifel! Wir nehmen sie sofort mit ins Krankenhaus nach Hurghada, in die Druckkammer. Seien sie froh, dass die gerade frei ist!«, worauf er die beiden tarnfarbenen Sanitäter mit ein paar Anweisungen in ägyptischer Sprache bedachte. Die nahmen die Taucherin erstaunlich vorsichtig auf die Unterarme und betteten sie auf die mitgebrachte Trage, um sie umgehend zur Halle hinaus in den Krankenwagen zu schieben, der mit laufendem Motor vor dem Hotel stand. Angesichts des Zustandes der Rettungslimousine verschwendete keiner auch nur einen Gedanken daran, wie groß wohl die Chancen gewesen wären, den Motor wieder anzulassen, wenn sie bei der Ankunft am Hotel den Zündschlüssel herumgedreht hätten.

Kaum hatten die Sanitäter die Bahre in den Wagen hineingeschoben, da ging auch schon unter lautem Hupen und wildem Gestikulieren des Beifahrers die Post beziehungsweise der Krankentransport ab in Richtung Krankenhaus und Druckkammer.

»Du meine Güte, da hätten wir sie ja sogar auf dem Kamel noch schonender ins Krankenhaus bringen können«, meinte Horst, angesichts der offensichtlichen Federungsprobleme des »Krankenwagens« (nomen est omen!) auf den vielen Schlaglöchern der staubigen Straßen von Hurghada. »Ich hab immer gedacht, verunglückte Taucher mit Deko-Krankheit müsse man schonend und ganz behutsam behandeln«, warf er einen fragenden Blick auf Claudia, die Medizinerin, die ihrerseits die Augen zum Himmel richtete und ein resigniertes: »Inschallah!« von sich hauchte.

Tja, im Ausland Urlaub machen, gut und schön, aber dort krank werden: Eine Horrorvision! Da konnte der Seehofer noch so viele Standards bei den deutschen Krankenhäusern zusammenstreichen: Um eine solch mangelhafte Versorgung, wie die hierzulande hinzubekommen, hätte der noch viele Legislaturperioden lang seine Streichorgie fortsetzen müssen. Erstaunlich eigentlich, dass Leute, die zu Hause über alles und jedes mäkelten und jammerten, Leute, die wegen geringerer Dinge in Deutschland auf die Straße gingen oder bei Wahlen deswegen bräunliche Denkzettel verpassten, im Urlaub selbstverständlich jede Zumutung und jeglichen Abstrich vom bundesdeutschen Sicherheitsstandard klaglos in Kauf nahmen!!!

Kapitel IV

Am Schreibtisch der Ulmer Mordkommission saß Michael »Sputnik« Protnik und rieb sich mit einem gequälten Gesichtsausdruck die Schläfen.

»Ja, ja, die Sauferei«, feuerte Uschi Abele, Protniks Lieblingssekretärin, den ersten Schuss am heutigen Morgen auf ihren Lieblingsgegner ab und warf ihm eine handvoll Briefe auf den Schreibtisch. »Aber wer kräftig schluckt, muss halt auch was vertragen können, gell Sputnik! Alt genug wären wir ja wohl inzwischen!«

Protnik war sich in diesem Moment ganz sicher, irgendwann einmal würde er auf der anderen Seite des Schreibtisches sitzen, mit Handschellen an den Händen, angeklagt des Mordes an einer Sekretärin namens Uschi Abele. »Oh Bebele, halt dein loses Mundwerk und bring mir einen Kaffee, aber ganz stark und ganz schwarz bitte!«

»Natürlich schwarz, was denn sonst!« Uschi hatte gerade den zweiten Schuss auf ihr wehrlos am Schreibtisch kauerndes Opfer abgeschossen, denn das war ein alles andere als dezenter Hinweis auf Protniks Parteizugehörigkeit.

Vor einigen Wochen hatte er sich der Partei angeschlossen, die das »Ländle« seit fast 50 Jahren regierte und natürlich war es im Präsidium sofort ruchbar geworden, dass er nun den Schwarzen angehörte. Vor allem sein Kollege Horst, der ja nie ein Blatt vor den Mund nahm und von sämtlichen Parteien überhaupt nichts

Gutes mehr erwartete, hatte ihn darauf gründlich ins Gebet genommen. Ob er, Protnik, denn noch bei Sinnen sei, ausgerechnet diejenigen zu unterstützen, die in den letzten Jahren nur noch durch Chaos, Filz- und Vetternwirtschaft geglänzt und außer vollmundigen Sprüchen nichts mehr zuwege gebracht hatten. Messerscharf hatte Hotte, der seit langem auf die Gründung einer neuer Partei hoffte (das klägliche Scheitern der »Statt-Partei« in Hamburg nach ihrem hoffnungsvollen Beginn vor einigen Jahren hatte ihn ziemlich getroffen), die endlich einmal tatsächliche Bürgerinteressen vertreten würde, er die wahren Beweggründe Protniks erkannt und sie ihm ins Gesicht geschleudert: »Du willst Karriere machen, komm, schüttel jetzt nicht den Kopf und tu nicht so empört. Genau das ist es, du willst aufs schwarze Ticket reisen und damit die Eintrittskarte für den Hauptkommissar abholen. Mensch Sputnik! Wie oft haben wir uns denn schon über diese Parteiärsche geärgert, mit Null Ahnung, die sie uns da vor die Nase gesetzt haben, nur weil die bei den roten oder den blaugelben und natürlich grade bei den Schwarzen Beitrag zahlen!«

»Eben«, war es Protnik damals herausgefahren, obwohl er sich vorgenommen hatte, nichts zu sagen, wenn er irgendwann einmal mit seiner Parteimitgliedschaft konfrontiert werden würde. »Aber allmählich stinkt's mir, dass die alle an mir vorbeiziehen. Du sagst ja selber, dass diese Bürschchen keine Ahnung haben – eine aber haben sie: Die wissen, wie man's macht. Und wer sagt denn immer, dass Professionalität im Job einen weiter bringt? Das bist doch du, Hotte, du sagst doch, leider völlig zurecht übrigens, dass die nur professionell mit den richtigen Leuten kungeln und die schieben dann ihre Parteisoldaten an einem vorbei in den Fahrstuhl nach oben. Verdammt noch mal!« und dabei hieb er mit der Faust auf den Schreibtisch, »deshalb läuft ja bei uns nichts mehr, weil nur noch solche Typen am Ruder sind, begreif doch, Hotte!«

»Eben, das ist es ja«, hatte Horst zurückgegeben. »Und jetzt bist du auch einer von denen – na bravo!« sprach's und tippte sich dabei mit dem Zeigefinger an die Stirn.

»Bin ich nicht! Aber blöder als der Rudhart oder der Werner bin ich ja wohl auch nicht – im Gegenteil, ich glaube allmählich daran, dass man nur etwas verändern kann, wenn man aktiv mitmischt. Mit besserwisserischem Außenstehen und vor-dich-hinjammern wirst du nichts bewegen können.«

»Na, das ist aber der Gipfel: Ausgerechnet ein Schwarzer spricht da vom Marsch durch die Institutionen! Den haben nicht mal die 68er geschafft, pass also gut auf, Sputnik, wer hier wen umdreht. Ich wünsch dir, dass du noch rechtzeitig abspringen kannst, wenn du merkst, was so alles läuft!« Und mit diesem Wunsch hatten die beiden das Thema mit einer Art stillschweigendem Waffenstillstand beendet und es seitdem nie wieder aufgegriffen.

Und da meinte nun ausgerechnet das schwergewichtige Bebele, ihm an diesem Morgen einen dezenten Schlag unter die Gürtellinie versetzen zu müssen: *Na warte, du Kanaille!*

Das war aber anscheinend noch nicht alles: »Außerdem, neulich haben wir Sekretärinnen ja dieses Treffen mit der Frauenbeauftragten gehabt …« *Oh Gott, nicht auch das noch!* »Du brauchst jetzt gar nicht so die Augen zu verdrehen!« Tat Protnik aber – *jetzt erst recht!*

»Ja – und die Liane …« *Meine Güte, wieso hießen eigentlich alle Frauenbeauftragten Liane?*

»Die hat klipp und klar gesagt: Im Arbeitsvertrag von Sekretärinnen steht nichts von Kaffeekochen, Kaffeeholen und so weiter, also …«

»Im Arbeitsvertrag von Sekretärinnen steht aber auch nichts von Schreibfehlern, Terminen vergessen, Telefonate nicht verbinden können, PCs abstürzen lassen …« unter Aufbietung seiner ganzen Energie hatte Protnik den Alkoholnebel dermaßen zurückdrängen können, dass er zu diesem, seiner Meinung nach schlichtweg genialen, Gegenschlag hatte ausholen können. Mit Erfolg, die so angesprochene Uschi Abele hatte den Kopf in den Nacken geworfen und war beleidigt abgezogen, nicht ohne ihm allerdings seine immer noch leere, ungespülte (!!) Kaffeetasse auf den Schreibtisch zu donnern. Ein Sieg also? Pyrrhus musste sich damals genauso gefühlt haben! Aber es half alles nichts – ein Kaffee musste her, sonst war der Tag gelaufen.

Ächzend stützte Protnik die Arme auf den Schreibtisch, um sich aus dem Sessel zu hieven, da fiel sein Blick auf den Zettel mit den beiden Namen, die Horst ihm gestern Abend am Telefon durchgegeben hatte. Ein weiterer Seufzer war fällig, als Protnik sich wieder in den

Bürostuhl fallen ließ. Aber lieber noch schnell das Telefonat mit den Computerfritzen erledigen und dann in die Kantine wanken, auf jeden Fall besser, als mit leeren Händen dazustehen, wenn Horst wieder aus Ägypten anrief und womöglich für nichts und wieder nichts einen weiteren Tauchgang auf dem Altar der ägyptischen Telefongebühren opferte. Während Protnik im Haustelefonbuch nach der Nummer der Computerrecherche fahndete (die würde er sich nie merken können und die Abele war jetzt natürlich zu biestig, um sie danach fragen zu können), wunderte er sich wieder mal über seinen Kollegen Meyer, der offensichtlich nicht mal im Urlaub in der Lage war, auszuspannen. Also neben ihm, Protnik, könnten sie in den Ferien ein ganzes Stadion hochgehen lassen, ihm wäre das schnuppe gewesen: Dienst ist Dienst und Schnaps ist Schnaps, lautete seine altbewährte Devise.

Beim Stichwort Schnaps allerdings zuckte er unwillkürlich zusammen: Hätte er gestern Abend in der »Forelle« nur die Finger von dem Teufelszeug gelassen und wäre er beim Wein geblieben. Aber drei Viertel fränkischer Sylvaner (idiotischerweise auch nur halbtrockener) und zur Freude des zufälligen Wiedersehens mit dem ehemaligen Kollegen und jetzigen Pensionär Martin Schulz noch fünf (ja, verdammt: Es waren fünf gewesen!) Kirsch zum nachspülen (aber das Zeug hatte ja auch so verboten gut geschmeckt), das war zuviel des Guten gewesen. Und es war mal wieder (wie meistens) das letzte Glas gewesen, das ihm schlecht bekam, da half künftig nur eins: Vor dem letzten Glas aufhören, haha!

»Brunnenmüller«, meldete sich nun am anderen Ende der Leitung eine amtliche Stimme.

»Ja hallo Herr Brunnenmüller, ist denn der Wiedemann nicht an seinem Platz?« erkundigte sich Protnik, überrascht, dass nicht der von ihm angewählte Kollege abgenommen hatte.

»Nein, aber wer spricht denn da eigentlich?« gab die Stimme namens Brunnenmüller indigniert zurück.

Oh, die peniblen Fatzkes von der EDV-Abteilung! »Entschuldigung, hier ist Protnik, von der Mord II. Eigentlich wollte ich den Kollegen Wiedemann sprechen.«

»Ja, aber der ist heute krank!« *(Wäre ich auch gerne!)* kam die Replik aus dem Hörer, ohne dass auch nur der Hauch eines Versuchs deutlich wurde, ersatzweise für Wiedemann einzuspringen.

»Kollege Brunnenmüller, vielleicht können Sie mir dann ja helfen«, Protnik übte sich in freundlicher Zurückhaltung. »Es geht da um zwei Namen, die wir überprüfen müssen.«

»Und das hat nicht Zeit bis morgen?« die Stimme am Telefon gehörte offenbar der Hilfsbereitschaft in Person.

»Nein, wir brauchen's jetzt gleich!«, immer noch versuchte Protnik, an sich zu halten.

»Also – jetzt gleich geht gar nichts. Ich muss doch auch meine Arbeit machen und kann nicht alles stehen und liegen lassen. Sagen Sie mir noch mal ihren Namen und ihre Telefonnummer, dann sehen wir weiter!

Protnik atmete einmal scharf durch: »Protnik, Michael, Mord II, der Anschluss 3877.«

»Protnik, ach Sieee sind das, Herr Protnik«, die Stimme am anderen Ende war wie durch ein Wunder mit einem Mal nett und freundlich geworden. »Herr Protnik, wir müssen uns unbedingt einmal treffen!«

Warum denn, um alles in der Welt, soll ich mich mit der Computerratte treffen? »Ja, natürlich, Herr Brunnenmüller ...«, Protnik verstand in Wahrheit gar nichts mehr!

»Wissen Sie, Herr Protnik, wir haben da so einen Zirkel«, *Soso!* »Einen Zirkel von Kollegen«, *Aha!* »Da kommen wir einmal im Monat zusammen, ganz unter uns, nur Mitglieder ...«

Protnik begann es allmählich zu dämmern. »Und da können wir dann ganz unbefangen reden und Strategien festlegen. Der Boss kommt manchmal auch!« *Die schwarze Sau!* Protnik hatte von jeher eine Abneigung gegen den Kriminaloberrat Unterhauser gehegt. Insgeheim wussten alle im Präsidium, wieso der als Leiter der Ulmer Mordkommission statt Kriminalrat gleich zum Oberrat durchgeschossen war: Die Partei macht's möglich! Und nun gehörte er, Protnik, selber zu dem Haufen – andererseits, der rote Zirkel war in dieser Beziehung kein Haar besser. Die jammerten zwar tagein-tagaus über den schwarzen Filz in der Behörde und selbst gingen sie gnadenlos einseitig in Sachen Einstellungspolitik von Kriminalanwärtern vor, eine regelrechte Gehirnwäsche wurde da erst mal veranstaltet! Doch wie auch immer, Protnik musste vorwärtskommen mit seinem Anliegen: »Ja gut, Herr Brunnenmüller, vielen Dank auch, ich werde darauf zurückkommen!«

»Nichts zu danken«, tönte es generös aus dem Hörer, »ich werde Sie dann rechtzeitig zu unserem nächsten Treffen einladen.« Protnik grauste es innerlich. »So, Kollege Protnik, wie kann ich Ihnen denn nun behilflich sein?«

»Ja also, ich hätte da eine Personenanfrage. Ob Sie bitte mal die Namen Theurer, Angelika, Theurer mit H und Rambacher, Martin, Rambacher mit einem M durchchecken können, ob da irgendwas vorliegt, geht das?« Protnik war gespannt, welche Antwort er jetzt, da er sozusagen »geoutet« war, erwarten durfte.

»Aber selbstverständlich, Herr Kollege«, flötete es dem Parteifreund nunmehr entgegen. »Wenn Sie sich ein Stündchen gedulden könnten, bis ich soweit bin!«

»Aber natürlich, gerne«, auch Protnik beherrschte das Flötenspiel. »Und vielen Dank auch!«

Das: »Gern geschehen« nahm er schon gar nicht mehr richtig wahr, als er den Hörer angewidert auf die Gabel knallte, um sich anschließend zum zweitenmal an diesem Morgen den Kopfschmerzen entgegen mit den Armen auf den Schreibtisch zu stemmen und sich mit ungespülter Kaffeetasse *(diese Kanaille von Sekretärin)* in Richtung Kasino zu begeben.

Keine Viertelstunde war vergangen, als er wieder mit erfolgreich gefüllter Kaffeetasse ins Büro zurückkehrte. Keine Menschenseele weit und breit – dafür lag ein Zettel auf seinem Schreibtisch. Die Abele würde doch nicht etwa tatsächlich eine Notiz für ihn aufgenommen haben? Kaum zu glauben, aber genauso war es und der erstaunte Protnik sollte beim Lesen des Zettels gleich noch mehr ins Staunen geraten: »Brunnenmüller hat angerufen. Bei einem Namen fündig geworden. Riecht nach windiger Person. Abele.« Also hatte Meyer beim Urlaub in Ägypten mal wieder aus welchen Gründen auch immer im Wespennest gestochert und war dabei fündig geworden. Bingo!

Kapitel V

Horst Meyer hatte nicht mal gestochert, sondern war nur der Routine seines mittlerweile 20-jährigen Polizistenlebens treu geblieben und hatte die Namen, die nach dem Abtransport der verunglückten Taucherin durch die Halle geschwirrt waren, ganz einfach aufgeschrieben und ließ sie nun – alte Kriminalerroutine – ganz einfach gegenchecken. Draufgekommen war er vor allen Dingen deshalb, weil er bei den Namen, die von der verstörten Susanne gerade in dem Augenblick genannt worden waren, als die ganze Meute in Richtung Riff aufbrechen wollte, um nach dem mutmaßlich vermissten Begleiter der Verunglückten zu suchen, beiläufig etwas mitbekommen hatte, das durchaus Ulm hätte heißen können. Auf seine Nachfrage hin hatte er dann auch die Gewissheit: Beide, sowohl Angelika Theurer als auch ihr bisher vermisster Begleiter Martin Rambacher hatten als Wohnort Ulm angegeben!

»Mensch Claudia«, staunte Horst nicht wenig, »da fliegt man tausende von Kilometern und trifft dann irgendwo in der Wüste Leute, die zu Hause keine fünf Kilometer von einem entfernt wohnen. Verrückt, die Welt!« Sprach's und betrachtete mit gerunzelter Stirn seine verbundenen Fersen, die allmählich grausam zu brennen begannen. Nachdem er sich dann von Claudia ein Telefon hatte besorgen lassen und schließlich sein Telefonat mit Sputnik Protnik absolviert hatte, humpelte er mit den Krücken, die Claudia wundersamerweise unterdessen hatte organisieren können, zurück in ihr Zimmer, wo sie sich meist um diese Uhrzeit mit »Euronews« und dem »Deutsche Welle TV« einen, wie immer völlig ungenügenden, Überblick über die Ereignisse des Tages in Mitteleuropa verschaffen und so die Zeit bis zum Beginn des Abendessens (19 Uhr!!) überbrücken konnten.

Die Nachrichten waren wie immer unsäglich: In »Euronews« jagte eine Ankündigung die nächste, das bisschen Nachricht, das sich dazwischen versteckte, war äußerst dürftig. Am unglaublichsten aber fanden die beiden die Rubrik »no comment«, in der sie tatsächlich Bilder ohne irgendeinen erklärenden Kommentar dazu zeigten. Man sollte als Zuschauer ganz offensichtlich raten, um was es sich dabei gerade wohl handeln sollte. Und so was nannte sich dann Nachrichtenkanal. Aber das »Deutsche Welle TV« war nicht viel besser: Ein bunter Wust aus Übernahmen vom Ersten oder Zweiten, aus der Schweiz oder Österreich vermittelte dem Betrachter alles Mögliche, nur kein Bild der aktuellen Situation im Lande. Horst mochte gar nicht daran denken, was diese Anstalt den Steuerzahler im Jahr kostete, seiner Meinung nach für nichts und wieder nichts. Denn eine Information für Deutsche im Ausland und für Ausländer, die sich für Deutschland interessierten, war das nun wirklich nicht! Also wenn so der zig Millionen teure Programmauftrag aussah ...

»Sag mal, Claudia«, begann nach einigen Minuten Horst, dem der Unfall vom späten Vormittag nicht aus dem Kopf gehen wollte, das Gespräch »was machen die jetzt eigentlich mit der?«

»Die, wer?«, Claudia schreckte vom Kissen auf – offensichtlich waren die Nachrichten dermaßen spannend gewesen, dass sie erst einmal eine kleine Auszeit hatte nehmen müssen.

»Na die Taucherin von vorher natürlich! Ich meine, was machen die jetzt mit der?«

»Keine Ahnung, ich weiß nur, dass die alle Anzeichen einer Deko-Krankheit aufgewiesen hat. Also meiner Meinung nach hilft da nur die Druckkammer und die haben sie ja hier in Hurghada. Der Arzt vorher hat doch, glaube ich, gesagt, sie sei gerade frei.«

Horst nickte mit dem Kopf, da fiel ihm wieder etwas ein, was er durch das ganze Bohei der letzten Stunden schon fast wieder vergessen hatte: »Hast du das eigentlich auch gesehen – ich hab auf dem Boot einen Blick auf ihren Tauchcomputer geworfen?«

»Nein, schließlich war ich ja nicht auf dem Boot«, Claudia schüttelte den Kopf. »Wieso, wie tief war sie denn unten?«

»Also, ich hab ja ganz schöne Schmerzen gehabt und überhaupt war da ja ein Riesenzirkus auf dem Boot, aber ich hab zweimal hingeguckt, weil ich's beim ersten Mal nicht glauben wollte. Also, wenn der Tauchcomputer nicht kaputt gewesen ist, und das ist ja äußerst unwahrscheinlich, dann hab ich da auf der Anzeige 65,8 Meter gesehen!«

»Wieviel?!« Claudia setzte sich kerzengerade auf. »65,8 – das ist ja glatter Selbstmord! Bist du dir sicher, dass die Anzeige in Meter war und nicht in Fuß?«

»Na ganz so blöd, wie ich ausschaue, bin ich nun auch wieder nicht, genau deshalb hab ich ja noch mal draufgeguckt: 65,8 Meter, maximale Tiefe und eine Tauchzeit von 35 Minuten. Tatsache!« Horsts Miene ließ jeglichen Zweifel an seiner Aussage gar nicht erst aufkommen und Claudia kannte ihren Mann gut genug, um zu wissen, dass er sich ganz genau vergewissert hatte, bevor er sich diese Angaben gemerkt hatte. »Und da war noch was: Ich hab' ganz eindeutig das ›DEC‹-Symbol auf ihrem Computer blinken sehen, einen Pfeil nach unten und dann – im Wechsel damit – das Zeichen ›SLOW‹. Das bedeutet doch nichts anderes, als dass sie ganz offensichtlich fast an die Oberfläche durchgeschossen ist und obwohl der Computer es angezeigt hat, ist sie nicht lang genug in der nötigen Tiefe geblieben, um zu dekomprimieren. Im Gegenteil, sie ist ganz eindeutig derart schnell aufgetaucht, dass sogar der Computer noch gesagt hat: Langsam. Also war sie beim Auftauchen schneller als 10 Meter pro Minute und das, obwohl sie ihr Computer eindeutig gewarnt hat!«

»Aber das ist ja idiotisch!« Claudia schüttelte empört den Kopf. »Gut, die 35 Minuten war sie natürlich nicht auf 65 Meter, aber trotzdem – überleg mal! 18 Meter Tiefe sind die Grenze für Taucher wie unsereinen, 30 Meter für erfahrenere Taucher und 40 Meter ist die absolute Grenze für alle – nicht nur im Roten Meer. Und da geht die bald doppelt so tief runter! Vollkommener Irrsinn ist das!«

»Stimmt«, pflichtete Horst seiner Frau bei. »Allerdings wissen wir ja nicht, weshalb sie so tief abgetaucht ist, vielleicht hat sie das Bewusstsein verloren, vielleicht ist sie in Panik geraten, so was gibt's ja oder sie hat versucht, ihrem Partner zu helfen. Vielleicht ist der in Schwierigkeiten geraten. Schließlich fehlt der ja immer noch.«

»Möglich, aber trotzdem unglaublich«, Claudia schüttelte nochmals heftig den Kopf. »Wieso hat das dieser Mike denn vorher nicht gesagt? Oder hat er's womöglich gar nicht gewusst?«

»Ausgeschlossen!«, Horst schüttelte ebenfalls energisch den Kopf. »Der hat als erstes auf den Tauchcomputer geschaut, das ist so sicher, wie das Amen in der Kirche. Und dann hat er ihn ganz dezent verschwinden lassen – zumindest vorhin hat sie ihn nicht mehr am Handgelenk gehabt, da bin ich ganz sicher.«

»Na – dann hätte er das vorhin in der Halle ja auch sagen können!« Claudia war empört.

»Und was hätte das an deinen Maßnahmen geändert? Das hätte nur ein noch größeres Bohei verursacht und vor dieser Negativwerbung, dass bei ihm Taucher auf 65 Meter abdriften, hat er ganz einfach Schiss gehabt!«

»Aber die im Krankenhaus müssen doch wissen, welchem Druck die Frau ausgesetzt war!«

»Das hat er dem Arzt auch gesagt. Du hast doch gesehen, wie die miteinander geredet haben, als er die Trage mit der Frau nach draußen begleitet hat. Aber eben ganz heimlich, ohne Aufsehen. Wie man's halt so macht ...« setzte Horst noch hinzu.

»Furchtbar! Dass die Leute nicht zu dem, was war, stehen können«, Claudia machte eine verächtliche Geste. »Dumm, dass ich vor lauter Hektik nicht selber nachgefragt habe – na ja. Klar war ja, dass sie in die Druckkammer muss ...«

»Eben – und daran hätte deine Fragerei auch nichts geändert«, pflichtete Horst ihr bei.

Claudia stand nach wie vor unter dem Eindruck der gerade mitgeteilten Tiefe: »65 Meter! Ich krieg's nicht auf die Reihe! Was denken sich die Leute manchmal bloß? Kein Wunder, dass das Tauchen als gefährlicher Sport gilt, wenn ein derart bodenloser Leichtsinn dazukommt. Und das nächste sind dann Tauchverbote – siehe Bodensee!«

»Eben, aber grade am Bodensee sind ja an diesem Teufelstisch auch ganz erfahrene Rettungstaucher ums Leben gekommen, als sie einen anderen bergen wollten. Ab 50, 60 Meter hast du keine Chance mehr, wenn du vom Tiefenrausch befallen wirst, bei so einer Tiefe hast du als Begleiter aber wirklich alle Hände voll zu tun, den anderen wieder sicher nach oben zu bringen.

»Sag mal – Tiefenrausch«, wandte er sich an Claudia, »ist das jetzt eigentlich dasselbe wie die Deko-Krankheit, das hat doch auch irgendwas mit Stickstoff zu tun, oder?«

Claudia schüttelte noch mal den Kopf. Sie wusste schon, was nun kommen würde, falls sie seine Frage nicht beantworten könnte. *Aber hör mal, du als Ärztin!* »Nein, das sind schon zwei Paar Stiefel. Beim Tiefenrausch, das heißt ja auch Stickstoffnarkose, da kann der Stickstoff aus der Pressluftflasche dafür verantwortlich sein, dass man praktisch narkotisiert wird, deshalb haben ja auch Taucher, die in großen Tiefen tauchen, teilweise ein anderes Luftgemisch in ihrer Flasche, wie wir. Und bei der Dekompressionskrankheit, da löst sich der Stickstoff aus der Atemluft im Körpergewebe – je tiefer man runtergeht, desto mehr. Das heißt, lösen tut sich der Stickstoff auf jeden Fall, wenn man aber bestimmte Zeiten und Tiefen einhält, dann passiert nix, aber das haben wir doch alles damals gelernt«, Claudia warf einen tadelnden Blick auf ihren Gatten, doch der zeigte sich unbeeindruckt.

»Ja – klar haben wir das, aber ich hab auch mal was mit Tangens und Cotangens gelernt, sag bloß du weißt da noch was drüber!«

»Nein, aber diesen Tangensquatsch hab ich ja auch nie wieder gebraucht, im Gegensatz zur Tauchgangsplanung, die man ja beherrschen sollte und sich nicht immer nur auf den Computer verlassen!« Ein mehr oder minder dezenter Hinweis auf die Tatsache, dass es regelmäßig Claudia war, die zumindest noch beim Hinflug zum Urlaubsziel ihre theoretischen Kenntnisse in Sachen Tauchen mit einem Blick ins Handbuch wieder auf Vordermann brachte, während Horst es sich bequem machte und sich von seiner Angetrauten alles wissenswerte im Fall des Falles mitteilen ließ. »Also, beim Auftauchen verringert sich der Druck auf den Körper wieder und der vom Körper aufgenommene Stickstoff wird dadurch wieder freigesetzt. Weil das aber eine Zeitlang dauert, soll man ja Sicherheitsstopps einlegen, wenn man zu tief unten war, den mit drei Minuten bei fünf Metern beispielsweise und so weiter.«

Horst nickte: »Ja schon klar so weit. Aber was genau passiert im Fall des Falles?«

»Im Fall des Falles ist man zu schnell aufgestiegen und hat die Sicherheitsstopps nicht eingehalten. Und da kann es dann passieren, dass der überschüssige Stickstoff im Körpergewebe freigesetzt wird und Bläschen bildet, der bringt also das Blut regelrecht zum Kochen. Das müsste dann so aussehen, wie wenn du eine Flasche Weizenbier ins Glas schüttest, da sprudelt's ja auch ganz schön«, bemühte Claudia ein ihrem Ehemann mutmaßlich vertrautes Bild, um dem den Sachverhalt zu verdeutlichen.

Doch der schien die Spitze gar nicht zu bemerken, so sehr fesselte ihn das, was sich heute morgen höchstwahrscheinlich im Körper der Verunglückten abgespielt hatte. »Und das kann an ganz verschiedenen Stellen anfangen, richtig. Da war doch vor ein paar Jahren die Sache mit dem Hasenmeyer, der ist seitdem doch querschnittsgelähmt!« Horst schüttelte sich bei der Vorstellung, was der verunglückten Taucherin womöglich noch an Leiden bevorstand. Vor drei Jahren hatten er und Claudia mit vielen anderen staunenden Zuschauern am sagenumwobenen Blautopf bei Blaubeuren die Tauchexpedition des nach einem Tauchunfall querschnittsgelähmten Jochen Hasenmeyer verfolgt, der trotz seiner

Behinderung mit einem selbstkonstruierten Tauch-U-Boot in die Unterwasserhöhle eingefahren war, um den skeptischen Geologen endlich seine Theorie beweisen zu können, wonach unter der Schwäbischen Alb ein gigantisches Heißwasservorkommen zu finden sei mit unvorstellbaren Energieressourcen für die Zukunft. Weder die eine noch die andere Seite hatte aber bisher genügend Argumente für ein endgültiges Ja oder Nein sammeln können.

»Genauso ist es«, pflichtete Claudia ihm bei. »Und die einzige Chance, diese Deko-Krankheit zu vermeiden oder wenigstens ihre Folgen abzumildern besteht nun eben in der Druckkammer, in der der Körper wieder in den Druckzustand der Tiefe gebracht und dann ganz langsam an den normalen Druck herangeführt wird. Das dauert in diesem Fall von vorhin mit Sicherheit eine Woche!«

»Und kostet eine gewaltige Stange Geld – ob das wohl die Kasse zahlt? Na – ich könnte mir was Schöneres vorstellen, als eine Woche Urlaub in einer Druckkammer am Roten Meer! Kann die Frau nur hoffen, dass die Kammer richtig funktioniert, hoffentlich besser als die Abfertigung am Flughafen«, entdeckte Horst sein Lieblingsthema »Die Ägypter und der Pyramidenbau« wieder. Zum Glück waren die Uhrzeiger nun endlich auf 19 Uhr vorgekrochen und wie ein frisch verliebtes Pärchen machte sich das Ehepaar Meyer Arm in Arm (genauer gesagt, Claudia stützte ihren humpelnden Gatten) auf zum Abendessen.

Dem mittelprächtigen Büfett folgte ein ausnahmsweise ruhiger Abend (die italienischen Animateure standen offenbar glücklicherweise noch unter dem Schock des heute erlebten), zumal der vermisste Taucher immer noch nicht gefunden worden war und so fielen die beiden Meyers bald in einen entspannten Schlaf: Der Abschluss eines turbulenten Tages, dem ein noch viel aufregenderer folgen sollte.

Kapitel VI

Am nächsten Morgen beim Frühstück gab es immer noch keine neuen Nachrichten. Das Krankenhaus hatte sich bisher standhaft geweigert, Auskünfte über den Zustand der verunglückten Angelika Theurer zu geben und von ihrem mutmaßlichen Begleiter auf dem Wahnsinnstauchgang fehlte nach wie vor jede Spur.

»Ob man den überhaupt jemals wiederfindet und wenn ja, in welchem Zustand«, sinnierte Horst Meyer gedankenverloren über den Rand seiner Kaffeetasse hinweg. »Wie sieht denn einer aus, der sagen wir mal drei Tage im Salzwasser gelegen hat? Na ja, ich hab bisher nur Süßwasserleichen zu Gesicht bekommen und das war grauenhaft genug!«

»Eben!« energisch knallte Claudia ihre Teetasse auf den Untersetzer und verzog angewidert das Gesicht. »Also, der Tee schmeckt schon schauderhaft genug, musst du mir jetzt auch noch mit Wasserleichen den Appetit ganz und gar verderben?«

»Aber sag mal, du bist doch bei deiner Ausbildung auch durch die Pathologie geschleift worden, da darf dir doch so was nix mehr ausmachen, Frau Doktor«, Horst wusste wohl, dass bei seiner Frau das Gegenteil der Fall war. »Nein, im Ernst – ich glaube nicht, dass wir noch jemals was von dem zu Gesicht bekommen. Ein Stück vom Tauchanzug vielleicht, die Maske, ein Rest vom Jackett. Eigentlich«, Horst spekulierte weiter »eigentlich der perfekte Mord!«

»Nun halt aber mal die Luft an und sieh nicht gleich wieder überall Gespenster«, protestierte Claudia. »Du hast doch die arme Frau als Erster gesehen und wie dreckig der es gegangen ist, was willst du da mit Mord und Totschlag?«

»Ich mein ja nur«, brummte Horst, der die Fährte nur ungern wieder verließ. »Es muss ja nicht sein, dass sie ... vielleicht hat ja er ... oder vielleicht hat man sie beide ... wer weiß. Bin gespannt, ob die bald was dazu sagen kann!«

»Die bleibt erst mal noch ein paar Tage in der Druckkammer, bevor sie vernehmungsfähig ist und wenn sie rauskommt, dann sind wir schon längst wieder in Ulm, mein Schatz!« Claudia konnte einem manchmal aber auch so etwas von brutal in die Parade fahren! *Na warte!* Horst nahm den Ball von vorhin wieder auf: »Sinkt der denn nun nach unten oder kommt der gleich hoch?«

»Der geht nach unten natürlich«, mischte sich da ein junger Schnösel vom Nachbartisch ein, der die letzten Sätze der beiden offenbar mitbekommen hatte. »Der lässt, wenn er ohnmächtig wird, Luft ab und dann zieht ihn sein Bleigurt in die Tiefe. Austarieren kann er sich ja nicht mehr, tja: Und ab geht die Post, ab in octopusses garden.«

»Aber irgendwann bläst's ihn dann wieder nach oben«, setzte der Nebensitzer des Schnösels noch einen drauf. Claudia verzog resigniert das Gesicht.

»Und dann treibt er mit dem Bauch nach oben ...« fuhr der Schnösel fort.

»... wenn ihn bis dahin nicht schon längst die Fischlein gefressen haben, was ja nicht ganz unwahrscheinlich ist ...«

»... und zwar mit Haut und Haaren!« den beiden schien das Thema richtiggehend Vergnügen zu bereiten.

»Klingt ja fast wie der perfekte Mord«, resümierte der Nebensitzer und setzte dabei eine amtliche Miene auf.

»Siehst du«, Horst war rehabilitiert und Claudia zuckte hilflos mit den Schultern.

»Na – wie auch immer, die Lust am Frühstück ist mir vergangen!«

Just in diesem Augenblick kam Mike, der Chef der Tauchbasis, auf die beiden Meyers zu: »Ach, da seid ihr ja – schönen Guten Morgen!« Die Meyers guckten sich verwundert an. »Ich hätte da heute morgen für euch beide noch zwei Flaschen frei samt Lungenautomat, oder. Da könntet ihr gleich – in sagen wir mal einer Stunde – eintauchen, oder!«

Mike schien ganz offensichtlich nach der gestrigen Auseinandersetzung und dem Trouble mit den beiden Tauchern über Nacht vom Macho-Divemaster zum Schaf im Wolfspelz mutiert zu sein und war die Freundlichkeit in Person. Breit grinsend stemmte er sich auf die Lehne des freien Stuhls am Frühstückstisch. Oder ging es ihm nur darum, die beiden Lücken auszufüllen, die durch den Tauchunfall entstanden waren? Wie auch immer, nach einem schnellen Blick auf Claudia, die sofort verstand, was er fragen wollte und zustimmend mit den Augen blinzelte, erklärte Horst: »Das ist sehr nett, vielen Dank,

Mike. Aber heute morgen habe ich ehrlich gesagt noch keine Lust zum Tauchen. Ich sollte erst noch mal eine Auszeit am Pool nehmen und meine Kratzer versorgen«, dabei deutete er auf seine verbundenen Beine unter dem Tisch. Das Andenken an seine Rettungsaktion würde ihn mit Sicherheit für den Rest des Urlaubs (und wahrscheinlich noch einige Tage darüber hinaus) mit Jucken und Brennen begleiten. Verletzungen durch Seeigel und Korallen heilten schlecht, das wusste er aus eigener leidvoller Erfahrung, denn vor Jahren schon war er einmal in Mallorca gleich an seinem ersten Urlaubstag (wann sonst?!) im Flachwasser an der Felsenküste bei Paguera mit dem vollen Körpergewicht auf einen Seeigel getreten, das war's dann für die nächsten zwei Wochen gewesen ...

»Ja klar, verstehe.« Mike, der Macho, als Verständnis der Nation! »Aber wisst ihr was. Ich leihe euch unser Divemobil, oder« (dabei handelte es sich um ein Elektrowägelchen, mit denen ansonsten ausschließlich Mitglieder der Tauchbasis die dreihundert Meter von der Hoteleingangshalle bis zum Tauchstützpunkt absolvierten – nur ja keinen Meter zu viel laufen müssen!). »Das stellen wir euch heute Nachmittag direkt vor den Eingang, sagen wir um 14 Uhr, oder, und du«, dabei deutete er auf Horsts geschundene Füße«, brauchst dann nicht bis zu uns zu laufen, oder. Wär das was?«

»Na ja«, Horst war von der Sache noch nicht so ganz überzeugt – andererseits, schließlich waren sie zum Tauchen hier hergekommen und nicht zum an den Strand oder an den Pool zu liegen und sich nur regungslos in der

Sonne grillen zu lassen. »Aber wie mache ich das mit den Flossen, wenn ich die anziehen muss, da geh ich ja die glatten Wände hoch!«

»Da werden wir schon eine Lösung finden, oder«, gab sich der Divemaster zuversichtlich. »Füßlinge sind ja normalerweise hier verboten«, (aus Gründen der Schonung des Riffs hatten die Behörden den Tauchern Handschuhe und Füßlinge verboten, genauso wie das Berühren oder gar Mitnehmen von Korallen: Endlich waren die Ägypter aufgewacht und hatten mitbekommen, dass sie sich ihr eigenes Standbein absägten, wenn sie nicht endlich etwas zum Schutz der wenigen Riffe tun würden, die am Tauchertraumziel Hurghada überhaupt noch vorhanden waren. Mit tausenden von Tonnen Bauschutt und Sand hatten die Idioten die Riffe zugeschüttet, um Sandstrände für die wie ein Krebsgeschwür am Strand entlangwuchernden neuen Hotels zu gewinnen. Das Resultat war ein Taucherparadies, das seinen Namen längst nicht mehr verdiente, an dessen spärlich übriggebliebenen Riffs sich mittlerweile mehr Taucher als Fische tummelten und bei dem man für einen richtigen erlebnisreichen Tauchgang eines der Dutzende von Booten benutzen musste, das die Tauchbasen hier um teures Geld für Trips zu den noch leidlich intakten Riffen, eine oder gar zwei Bootsstunden entfernt, vermieteten). »In deinem Fall«, meinte Mike nun leutselig, »da können wir schon einmal eine Ausnahme von der Regel machen, oder. Du ziehst ganz einfach vorsichtig Füßlinge über, Größe 42/43 würde ich schätzen«, mit Kennermiene schätzte er Horsts

Schuhgröße ab, »und dann können wir problemlos relativ weite Flossen drüberziehen. Da machen wir dann noch einen Flossenhalter rein und dann kann eigentlich nichts mehr anbrennen, oder!« Ein solches Entgegenkommen von einem, der die beiden Meyers gestern noch in 15 Sekunden barsch abgefertigt hatte, beide waren sie nun beinahe sprachlos: Wie man sich in Menschen doch täuschen konnte!

»Also gut, ich probier's. Kurz nach 2 Uhr an der Basis, O.K..!« Horst streckte den Daumen in die Höhe, versuchte aber doch noch mal, an der freundlichen Fassade zu kratzen. »Und was kosten dann die Füßlinge und die Flossen zu mieten?«

»Na, da wollen wir uns mal keine grauen Haare wachsen lassen, oder«, generös machte Mike eine wegwerfende Handbewegung. »Eine Aufmerksamkeit des Hauses, oder.«

Ein weiterer Versuch: »Und die Fahrt mit dem Divemobil?« (schließlich war ja sonst auch nichts umsonst: »Die würden noch für die Luft zum Atmen eine Gebühr von einem verlangen, wenn sie könnten«, hatte er wütend nach dem nicht ganz billigen Checktauchgang noch geknurrt). Doch dieses Mal war die Generosität des Schweizer Gentlemans durch nichts und niemandem zu durchbrechen: »Aber ich bitte dich, das geht auf unsere Kappe, oder!« ließ Mike auch jetzt noch kein gesteigertes pekuniäres Interesse erkennen.

»Na gut, Claudia, was meinst du?« Horst warf seiner Frau einen prüfenden Blick zu, obwohl er eigentlich wusste, wie sehr sie sich auf den Tauchtrip freute, schließlich waren sie beide ja ausschließlich deshalb hier hergekommen: Keine Kulturtrips diesmal, nur tauchen satt, hatten sie sich geschworen und deshalb war ja die Enttäuschung um so größer gewesen, als die Schnösel von der Basis sie erst ein einziges Mal in drei Tagen (!) ins Wasser gelassen hatten!

Claudia nickte: »Geht in Ordnung, wir sind rechtzeitig bei euch, vielen Dank auch.«

Mike machte eine wegwerfende Handbewegung: »Nicht der Rede wert, oder!« – sprach's und entschwand im Gewimmel der sich laut unterhaltenden, vorwiegend italienischen, Touristen, die am Frühstücksbüfett offenbar das dringende Bedürfnis verspürten, die Abenteuer des vergangenen Tages noch einmal lautstark durchzuhecheln.

Egal – die Vorfreude auf den nachmittäglichen Tauchgang *(endlich!)* siegte über die Sehnsucht, den Tag mit einem einigermaßen ruhigen Frühstück beginnen zu können und Horst biss herzhaft in sein süß-salziges ägyptisches Brötchen. Er ahnte nicht, dass es auch an diesem Nachmittag nicht zu einem Tauchgang kommen würde, denn die Bombe, die die nächste Krise auslösen würde, war schon geladen und tickte bereits, ohne dass sie jemand hören konnte …

Kapitel VII

Am Pool schienen sich die Italiener endgültig von ihrer vorübergehenden Sprachlosigkeit erholt zu haben, denn schon kurz nach neun Uhr tauchten die ersten Animateure auf und warfen die Lautsprecher an. Was folgte, war eine Flut von Begrüßungen auf italienisch (Horsts Meinung nach musste es sich um so etwas wie: »Seid ihr auch schon alle da? Ja? Seid ihr wirklich auch schon alle da? Ja? Seid ihr auch ganz, ganz sicher, dass ihr ...« und so weiter und so weiter und – natürlich aus rein dramaturgischen Gründen – mit sich stetig steigernder Lautstärke!), Ankündigungen und Banalitäten, von denen die Meyers bestenfalls zehn Prozent mitbekamen. Und dann ging erst mal wieder so richtig die Post ab: Das Düsentriebwerk schaltete auf vollsten Schub, die Lautsprecher vibrierten und knarzten (vom Phänomen des Übersteuerns hatte das Volk südlich der Alpen offenbar noch nichts mitbekommen) – »Splash dance« war angesagt, Wassergymnastik also, aber – zugegebenermaßen – »Splash dance« hört sich professioneller an, wenngleich da auch nur fünf übergewichtige italienische Mamas mehr oder minder hilflos mit den Armen ins Wasser patschten, während die Instruktorin vor ihrer »Gymnastiktruppe« die merkwürdigsten Verrenkungen vollführte. Nein! Jetzt hatte das Aas auch noch eine Trillerpfeife in den Mund genommen, um die Spaghettigymnastik auch noch akustisch zu untermauern! Grauenhaft!

Horst wollte sich gerade eben mit Schaudern abwenden, da nahte die Erlösung in Form von »la bomba«!

»Na Horst, endlich Abwechslung für die Augen!« auch Claudia hatte sofort bemerkt, dass von nun an für Unterhaltung gesorgt sein würde und ihren Krimi, der anscheinend so spannend auch wieder nicht sein konnte, beiseite gelegt.

»Tja, da könnte so mancher ein paar Scheiben abschneiden und hätte immer noch mehr als genug für sich übrig«, philosophierte Horst angesichts des gewaltigen Brustumfangs, den »la bomba« da stolz vor sich herschob, während sie mit hochgerecktem wasserstoffblond gefärbtem Haupt Einzug am Swimmingpool hielt, ihre unscheinbare rothaarige Begleiterin und die ersten Verehrer an diesem Morgen in gebührendem Abstand hinter ihr.

»La bomba« war ein Ereignis für sich – unübertrefflich in ihrer Art. Schon am Flugplatz von Hurghada hatte sie für einen regelrechten Menschenauflauf gesorgt, als sie mit dem Flugzeug nach den Meyers angekommen war. Aus lauter Langeweile hatte Horst in der unendlichen Schlange bei der Visumserteilung noch mal die Tipps und Verhaltensregeln für Ägypten durchgelesen, die ihnen der Reiseveranstalter auf einem Zettel zusammen mit den Reiseformularen mitgegeben hatte: »Nicht wild darauf los fotografieren, auf die religiösen Gefühle der Menschen achten, keine allzu legere Kleidung in der Öffentlichkeit tragen (sich nie unbedeckt präsentieren!) und auf die dortigen Sitten- und Moralvorstellungen

Rücksicht nehmen ...«, ja, und dann war »la bomba« eingeschwebt und hatte allein durch ihre Anwesenheit mit einem Schlag sämtliche Verhaltensregeln zur Makulatur gemacht. »La bomba«, das war von unten (so dürfte auch die von ihr empfohlene, offizielle Hauptblickrichtung lauten) nach oben: Zehn Zentimeter hohe, schwarze Pumps (Stöckelschuhe auf gut schwäbisch!), superkurzer, knapp bis unter die Hinterbacken reichender türkisfarbener Minirock über hellbrauner Strumpfhose (bei 34 Grad im Schatten! Aber Schönheit will/muss ja bekanntlich leiden!), und dann die Bluse! Türkis-transparent gestreift, über dem Bauchnabel verknotet, bis auf zwei Knöpfe gänzlich offen und dermaßen durchsichtig, dass jedweder Blick auf den schwarzen, mehr als offenherzigen BH über dem gewaltigen Atombusen ohne Behinderung möglich war. Über der Bluse ein braunverbrannter Hals, auf dem ein riesiger signalrot bemalter Entenschnabel thronte (selbst nüchtern urteilende Zeitgenossen konnten das beim besten Willen nicht mehr als normalen Mund mit Lippen durchgehen lassen!) und über dem roten Entenschnabel ein wasserstoffblondes, in die Höhe gesprühtes Gefieder, das selbst noch dem grimmigsten Indianerhäuptling beim Abziehen des Skalps das Wasser im Mund hätte zusammenlaufen lassen. Alles in allem, selbst die besten Comiczeichnungen aus Entenhausen verblassten vor dem sich hier präsentierenden Original aus Fleisch und Blut.

Tja – und da stand sie also nun in der total überfüllten Ankunftshalle des Flughafens von Hurghada, sich ihrer

Wirkung auf das männliche Geschlecht (vor allem das ägyptischer Abstammung) vollstens bewusst! Die Menschentraube, die sich sofort um sie und ihre Begleiterin (vielleicht war das ja die Kassenwartin der Comicfigur?) gebildet hatte, war enorm und Horst verwunderte es nicht im Geringsten, dass die Kanaille es trotz des Gedränges irgendwie fertiggebracht hatte, samt ihrer sich von Minute zu Minute vergrößernden Anhängerschar, mit einem Male in der Schlange am Visaschalter unmittelbar vor den Meyers aufzutauchen. Horst, dem bei solchen Drängeleien regelmäßig der Kamm schwoll und der sich denn auch für gewöhnlich mit deutlichen Hinweisen auf die Reihenfolge Respekt verschaffte, bevor ihm der Kragen platzte, hatte dieses Mal den Mund noch nicht richtig geöffnet, als er schon einen Schubs in die linke Seite abbekam: »Lass sie doch«, hatte Claudia ihm zugezischt. »Dann haben wir wenigstens ein bisschen Abwechslung bei der blöden Rumsteherei!« Und so war es dann auch gewesen: Interessant, die Reaktionen der Ägypter auf die Dame zu beobachten – von Scham über Kopfschütteln bis zu unverhohlenem Gelächter und voyeurhafter Neugier war dabei alles vertreten. »Die spinnen, die Römer!«, wo hatte er den Satz, dessen Wahrheitsgehalt sich nirgendwo besser als hier hätte offenbaren können, schon einmal gehört?

Auch der Pool gehörte von nun an »la bomba«. Die Schar der Verehrer und Betrachter wuchs ständig: Kellner, Gärtner, selbst die »Sicherheitsleute« mit ihren Pistolenhalftern, Zimmerservice, Deutsche, Engländer und

– vor allem natürlich – Italiener, scharten sich um die Fleisch gewordene Karikatur eines Mannequins im Ruhestand. Bei näherem Hinsehen war es nämlich überdeutlich und selbst durch noch so dicke Schichten von Schminke nicht wegzuretuschieren – Claudia hatte es schon vor einigen Tagen auf dem Flugplatz gesehen – die Teenagerjahre hatte »la bomba« schon vor geraumer Zeit hinter sich gelassen: »Also – die ist schon über 50 – garantiert!« hatte Claudia mit sicherem Blick diagnostiziert. »Schau dir doch bloß die Hände an und du weißt alles!«

Aber das schien die Verehrerschar nicht sonderlich zu kümmern, die brach im Gegensatz in lautes Jubelgeschrei aus, als »la bomba« (anders konnte man die gar nicht nennen) ihr Bikini-Oberteil öffnete und Stück für Stück immer mehr Einblick auf ihren wahrhaften Megabusen gestattete: »Du meine Güte, schau dir das an, Claudia, die braucht dafür doch einen Waffenschein, das ist ja alles andere als normal. Mit Ästhetik hat das ja auch nimmer viel zu tun«, schüttelte Horst den Kopf, um mal wieder seinen Standardsatz für solche Gelegenheiten loszuwerden: »Also mir könntest du die sogar auf den Bauch binden, brrr, nein danke!«

»Silicon Valley lebt«, kommentierte Claudia das Busenwunder, das seine riesigen, spitzen Brüste jetzt abwechselnd in diejenige Richtung hob, in der ein Objektiv gezückt und der dazugehörige Fotograf in seiner schieren Begeisterung für das Vorzeigeobjekt der plastischen Chirurgie gleich einen halben Film vollknipste, ohne groß auf Belichtung oder Entfernungseinstellung zu achten. Aber scharf genug war das Objekt ja schließlich auch so!

»Meine Güte, die kann ja nur auf dem Rücken schlafen, mit diesen Dingern«, Claudia tippte sich an die Stirn. »Also – eigentlich kann man mit der ja nur Mitleid haben und müsste ihr ...«

Aber weiter kam sie nicht mit ihrer Betrachtung, denn gerade jetzt, wo sich das Spektakel um »la bomba« allmählich seinem Höhepunkt näherte, kamen zwei Ägypter, die Claudia und Horst schon mal an der Tauchbasis beim Verladen der Pressluftflaschen auf die Boote gesehen hatte, wild gestikulierend und rufend von der Basis in Richtung Pool gerannt. Aus dem atemlosen Kauderwelsch der beiden waren beim Näherkommen schließlich ein paar Brocken zu verstehen und das hörte sich an wie: »Help, help ... the daifferrs, äksident.. daiffferrrs, help, doktorr!«

»Sag mal«, Horst richtete sich kerzengerade in seinem Liegestuhl auf, »Das hab ich doch schon mal gehört. Also, entweder bin ich im falschen Film oder die Platte bei denen hat einen Sprung!«

Doch die letzte Bemerkung ihres Gatten hörte Claudia schon gar nicht mehr: Geistesgegenwärtig hatte sie die Problemlage erfasst und lief mittlerweile an der Spitze der jäh aus ihrer Fotosession gerissenen Poolbesatzung so schnell sie nur konnte in Richtung der Tauchbasis, in der sich ganz offensichtlich schon wieder ein Unfall ereignet hatte.

Kapitel VIII

Dort angekommen, traute die völlig atemlose Claudia ihren Augen nicht: Acht Taucher, alle noch in ihren nassen Anzügen, hingen apathisch auf den Stühlen der Tauchstation, blass wie die Wand, einige von ihnen hatten sich ganz offensichtlich an Ort und Stelle übergeben müssen. Bei einem handelte es sich um – *Nein, das gab es doch gar nicht!* – Mike, den Besitzer der Basis. Und der hatte, jedenfalls hatte er das behauptet, aber in diesem Fall war Claudia geneigt, ihm zu glauben, schon weit über 2000 Tauchgänge in allen möglichen und unmöglichen Gewässern dieser Erde hinter sich gebracht. Unfallfrei! Und jetzt das hier!

Claudia tätschelt dem benommenen Taucher die Wange: »Mike, um Gottes Willen, Mike! Was ist denn los? Was ist euch denn passiert? Mike, gib doch Antwort!«

Langsam, ganz langsam öffnete Mike die Augen und sprach mit leiser, stockender Stimme, so, als würde ihm das Sprechen ungeheure Anstrengung bereiten: »Keine Ahnung ... weiß auch nicht ... plötzlich furchtbar schlecht geworden ... Kopfweh ... Übel ...« Damit wandte er sich zur Seite, um sich erneut zu übergeben, eine Anstrengung, die für den kraftlosen Körper des Tauchers fast übermenschlich schien.

»Legt bei allen erst mal die Beine auf den Tisch – und zwar hoch!« rief Claudia den anderen, die einschließlich »la bomba« in der Zwischenzeit ebenfalls eingetroffen waren, zu. »Ich bin Ärztin!« um leise vor sich hinzumurmeln: »Aber nur Kinderärztin, Himmel hilf!« Da aber wohl die wenigsten verstanden, was sie sagte, wiederholte sie auf Englisch und – so hoffte sie jedenfalls – auch in mehr oder minder korrektem Italienisch ihre Berufsbezeichnung: » I'm a doctor! Dottoressa! Si? Cappisco? Dottoressa!« Immerhin regten sich nun einige unter den Zuschauern und begannen ihr zu helfen, die Füße der Taucher hochzulegen.

»Hat schon jemand das Krankenhaus verständigt?« fragte währenddessen ein grauhaariger, hochgewachsener Mitfünfziger mit Bürstenschnitt und deutlichem Bauchansatz in die Runde.

»Ich glaube nicht«, antwortete Claudia, »die meisten hier verstehen ja eh kein Englisch. Am besten, Sie nehmen das selber in die Hand, ich bin nämlich vollkommen ratlos, was das hier sein soll«, deutete sie mit einer hilflosen Geste auf die vor ihnen liegenden regungslosen Taucher.

»In Ordnung!« der Mann machte kehrt und rannte, so schnell es ihm seine Körperfülle eben zuließ, den Strand entlang zurück zur Rezeption, um die Klinik zu alarmieren.

»Also ich weiß nicht«, mischte sich da zögerlich das blasse Huhn von gestern namens Susanne ein, die ja klaglos tagein-tagaus für ihre Helden von der Tauchbasis den undankbaren Etappendienst am Schalter absolvierte. »Wenn ich das so richtig anschaue – ich meine, so genau weiß ich auch nicht, ich habe das ja auch noch nie mit eigenen Augen gesehen ...«

»Was gesehen?« herrschte Claudia sie an. »Komm, raus mit der Sprache, sag schon! Vielleicht haben wir dann wenigstens irgendeinen Anhaltspunkt, was da passiert ist!«

»Also, ich weiß nicht ...« begann Susanne wiederum zögerlich, wurde aber durch einen ärgerlichen Blick von Claudia sofort konkreter. »Ich glaube, die haben eine Vergiftung durch die Pressluft! Da muss was mit der Luft in den Flaschen nicht in Ordnung gewesen sein. Schau doch mal, so steht's ja auch im Lehrbuch!« und damit deutete sie auf den Mund eines der verunglückten Taucher: »Kirschrote Lippen und rote Nägel, das ist doch ein Anzeichen für verunreinigte Luft, die sie eingeatmet haben müssen!«

»Die Pressluftflaschen – mein Gott! Und die werden jeden Abend neu gefüllt?«

»Genau!« Susanne nickte.

»Heißt das, alle haben heute morgen dieselbe Luft in den Flaschen gehabt?«

Susanne wirkte noch eine Spur blässer als sonst – falls das überhaupt möglich war: »Ja – genau. Die sind alle heute morgen an den Bootssteg gebracht worden!«

»Um alles in der Welt! Und wieviel Taucher sind heute morgen rausgefahren?« Claudia tropfte allmählich der Schweiß von der Stirn. »Komm, sag schon!«

Susanne überlegte einen Augenblick: »Also insgesamt waren es 22, nein, mit Mike 23!«

»Und die meisten sind ja weit draußen, nicht bloß wie die hier mit dem Schlauchboot! Ach du meine Güte! Sag, hast du irgendeine Möglichkeit, Funk oder so was, um die auf ihrem Boot noch zu warnen?« Claudia sah eine Katastrophe auf die Basis zukommen.

»Ja doch – ein Funkgerät, manchmal funktioniert's«, nickte Susanne zögerlich.

»Also los, hopp, versuch's – und, lass mir ein Tauchlehrbuch mitbringen, wo das mit der verunreinigten Luft drinsteht!« Susanne setzte sich tatsächlich in Trab und kurz danach hielt Claudia das Buch mit der entsprechenden Passage in den Händen: Viel frische Luft zuführen, im Notfall Mund-zu-Mund Beatmung oder Sauerstoff. Aber eine Notfallflasche mit Sauerstoff, wie eigentlich in den Sicherheitsstandards vorgeschrieben, war auf der Basis nicht aufzutreiben. Also half nur Warten, Beobachten und mit den Schiefertafeln, auf denen die Tauchbegleiter sonst die Tauchgangsplanung verzeichneten, den Verunglückten Luft zufächeln, bis – hoffentlich bald – Hilfe in Gestalt der Ärzte und Sanitäter aus dem Krankenhaus von Hurghada nahte. Die sollten mit solchen Unfällen ja mehr vertraut sein, als eine einfache Kinderärztin aus Ulm!

Horst war inzwischen auch herangehumpelt und hatte das Wesentliche mitbekommen: »Meine Güte, das ist ja eine schöne Sauerei! Hört das denn gar nimmer auf?«

Bevor er weitersprechen konnte, bahnte sich die blasse Susanne einen Weg durch die neugierigen Gaffer, die sich natürlich alle als Helfer fühlten und (genau wie zu Hause) Vorwürfe empört zurückgewiesen hätten, sie würden die Rettungsarbeiten wesentlich mehr behindern, als unterstützen: »Ich hab das Boot erreichen können, die wollten grade ins Wasser – also das war wirklich in der letzten Minute! Jetzt drehen sie um und kommen sofort zurück!«

»Na – Gott sei Dank! Wenigstens nicht noch mehr Opfer! Sechs sind ja schon viel zu viel. Hoffentlich packen die das alles im Krankenhaus!« Claudia setzte nicht gerade das größte Vertrauen in die medizinischen Einrichtungen ihres Urlaubslandes.

»Kannst du mal zwei Schritte zur Seite kommen?« Horst riss Claudia aus ihren medizinischen Betrachtungen.

»Ja schon, viel tun kann ich hier eh' nicht – ohne Notfallkoffer!« entgegnete Claudia und warf einen missbilligenden Blick auf den völlig apathisch daliegenden Leiter der doch angeblich so sicheren Schweizer Tauchschule.

»Sag mal«, begann Horst, als sie sich ein paar Meter von der neugierigen Meute entfernt hatten, die gespannt auf die Ankunft der Sanitäter wartete. »Hast du dir das auch schon überlegt? Das kann doch nicht mit rechten Dingen zugehen! Gestern zwei verunglückte Taucher: Einer davon vermisst, die andere in Lebensgefahr, heute gleich sechs, die fast mit dem Bauch nach oben geschwommen wären, das heißt, wenn du die auf dem Boot mitrechnest 23! Da stinkt doch was ganz gewaltig!«

»Aber was – das ist die Kardinalsfrage!« Claudia nickte zustimmend.

»Also eins ist klar, da hat jemand absichtlich an der Flaschenfüllung herummanipuliert und hat in Kauf genommen, dass die alle hopps gehen – eindeutig!«

»Aber wer kann das gewesen sein – die Extremisten? Leute, denen die Touristen oder die Taucher ein Dorn im Auge sind?« auch Claudia hatte jetzt Witterung aufgenommen.

»Mag sein, glaube ich aber nicht«, entgegnete Horst. »Ich kann mir nicht vorstellen, dass sich die ägyptischen Terroristen in den Feinheiten des Tauchens auskennen. Die nehmen lieber eine Knarre in die Hand oder schmeißen eine Bombe. Nein, da steckt was anderes dahinter.

Da muss jemand ganz offensichtlich etwas gegen die Tauchbasis haben und schreckt vor nichts zurück – egal, wie viel Leute dabei vor die Hunde gehen! Das rieche ich förmlich!«

Wie der Geruchssinn einen doch täuschen kann …

Kapitel IX

In Ulm beendete »Sputnik« Protnik in der Zwischenzeit die Warterei auf das Telefonat aus Ägypten.

»Man kann sich halt auf niemanden mehr verlassen«, seufzte er vor sich hin. »Nicht mal mehr auf den Hotte Meyer, wo der doch sonst immer so penibel ist!« Damit schaute er gedankenverloren auf seine Armbanduhr, die allerdings schon vor sechs Wochen stehengeblieben war (dennoch war sie sein ganzer Stolz: Eine echte falsche Rollex – die er sich letztes Jahr beim Urlaub in Thailand geleistet hatte. Es war die »wertvollere« Version, die um 50 DM, die war deutlich schwerer und »echter« auf dem Arm gelegen, als die Billigvariante um 35 DM. Als er sie jedoch kürzlich zum Durchchecken in ein Rollex-Fachgeschäft gebracht hatte, da hatte der Händler nur einen kurzen, angewiderten Blick erst auf die Uhr und dann auf deren Besitzer geworfen, einen Blick der ihm offenbar andeuten sollte, der Mann würde unverzüglich auf seinen Alarmknopf drücken, falls er sich mit seinem Plagiat nicht auf der Stelle aus dem Staub machte. Protnik schüttelte sich: Das wäre ja noch schöner gewesen, sich von den Kollegen in einem Juweliergeschäft mit einer falschen Rollex in der Hand dumme Fragen gefallen lassen zu müssen!). Zwei-, dreimal am Tag stellte er zwar die aktuelle Uhrzeit ein, aber das war nur Fassade für die anderen, die nicht merken sollten, dass sein vielbewundertes bestes Stück bereits den Geist aufgegeben hatte. Na ja, so ein paar Minuten nachgehen, davor war man schließlich nicht mal als stolzer Rollexbesitzer gefeit, hatte er sich als Antwort schon mal vorsorglich zurechtgelegt, falls ihn einer der Kollegen auf die falsche Anzeige aufmerksam machen sollte.

Von der »echten« Rollex am Handgelenk schaute Protnik also hoch zur Bürouhr an der gegenüberliegenden Wand – und diese Uhr, obwohl damals nur 45 DM teuer (Horst und Protnik hatten sich die bunte Wanduhr zusammen geleistet, um wenigstens etwas Farbe in das triste Büroweiß zu bringen, denn mit Zimmerpflanzen hatten sie's nicht besonders – genauso wenig wie das Bebele, die es sogar schon fertiggebracht hatte, den Kaktus, den sie ihr vor zwei Jahren zum Geburtstag geschenkt hatten, vertrocknen zu lassen), zeigte nach wie vor die exakte Zeit an: In diesem speziellen Fall 17 Uhr 23!

»Überstunden – auch das noch! Für nix und wieder nix den Arsch breitgesessen!« schimpfte Protnik vor sich hin, der sich nicht erklären konnte, weshalb sein Kollege Horst sich heute nicht aus Ägypten gemeldet hatte, wo es gestern doch noch so furchtbar wichtig geklungen hatte. Mit einem weiteren Seufzer stemmte er seinen massigen Oberkörper hoch und warf im Stehen noch mal einen Blick auf die Akte, die er heute morgen angelegt und den ganzen Tag über aufgeschlagen auf dem Schreibtisch liegen gehabt hatte.

Irgendwie zog der Meyer die Fälle offenbar regelrecht an, wie ein Magnet Eisenteile anzog. Da ging der in den Urlaub und rief aus Ägypten (!) an, um eine Personenabfrage zu starten – und dabei stellte sich heraus, dass er da auf eine Fährte geraten war …

Beim Namen Martin Rambacher hatte der Kollege Brunnenmüller bei seinem Rückruf in der Computerrecherche zwar Fehlanzeige signalisiert, zumindest handelte es sich bei dem um einen ganz normalen Zeitgenossen, wenn man bei einem 30-Jährigen, dessen Berufsbezeichnung immer noch auf »Student« lautete, von normal sprechen konnte. Aber von denen gab's ja mittlerweile mehr als genug, allen Drohungen aus dem Wissenschaftsministerium zum Trotz, die »ewigen Studenten« von der Uni zu verbannen. Doch die hatten ein zähes Leben – zumindest an der Universität … Auf jeden Fall war außer dem Wohnort Ulm, seinem Alter und der »Berufsbezeichnung« Student nichts zu finden gewesen, das den Menschen Rambacher in irgendeiner Weise interessant für die Ulmer Mordkommission hätte erscheinen lassen können: Die drei Punkte in Flensburg, die er sich letztes Jahr dank einer Radarfalle auf der Autobahn A 8 bei Merklingen eingehandelt hatte, konnten das kriminelle Potential des Martin Rambacher ebenfalls noch nicht über die kritische – und somit für Protnik interessante – Grenze hieven.

Das sah beim Ausdruck von »Theurer, Angelika«, den er sich nach dem Telefonat mit Brunnenmüller besorgt hatte, ein kleines bisschen anders aus: Assistenzärztin an der Inneren Universitätsklinik hier in Ulm, 38 Jahre alt und vor 4 Jahren schon einmal in den Akten der Kripo aufgetaucht. Damals hatten die Kollegen aus Österreich eine Personenanfrage nach Ulm gerichtet, weil Angelika Theurer und ihr damaliger Freund, ein 25 Jahre alter Student (die hatte es wohl auf jüngere Studenten abgesehen) beim Bergwandern in Osttirol verunglückt waren. Die beiden hatten sich Kletterausrüstung besorgt, das heißt, vielmehr hatten sie einen Rucksack, Hammer, Haken und Seil dabei, als man sie gefunden hatte, und hatten gemeint, damit in die Dreitausenderregion am Großglockner marschieren zu können. Einfach so! Wieder mal bodenloser Leichtsinn von deutschen Touristen, das übliche eben: So hatte am Ende der Ermittlungen das Fazit der österreichischen Polizei gelautet, die den Fall Matthes (so hieß der damalige Freund) / Theurer untersucht hatte. Das Wochenende in den Bergen hatte tragisch geendet: Die beiden absolut unerfahrenen Kletterer (gut, Angelika Theurer hatte nach den Recherchen der Ulmer Kripo früher mal ein paar Tage Grundkurs mit dem Ulmer Alpenverein absolviert) waren beim Bergwandern mit ihrer vermeintlich tollen Ausrüstung übermütig geworden und anstatt den langen Weg zum Gipfel außen herum zu nehmen, die direkte Route hochgeklettert. Es kam, wie es kommen musste: Irgendwann waren die Wände zu steil geworden, das Weiterkommen für die ungeübten Touristen unmöglich und so hatten sie – völlig erschöpft – beschlossen, umzukehren. Beim Abstieg in der Wand war der junge Mann ausgeglitten und 15 Meter in die Tiefe gestürzt: ohne Sturzhelm! Im wahrsten Sinn des Wortes tödlicher Leichtsinn, denn den Sturz hatte der Student nicht überlebt. Genickbruch lautete die Diagnose.

Seine Freundin, Angelika Theurer, halb erfroren und verzweifelt, hatte am nächsten Morgen die Bergwacht aus der Wand geborgen und ins Krankenhaus gebracht. Nach zwei Tagen zur Beobachtung war sie dann jedoch wieder entlassen worden – für sie war das Abenteuer Bergwandern ohne gesundheitliche Folgen geblieben (lediglich die finanziellen Forderungen der Bergwacht gingen in die Tausende), die Familie des Toten aber hatte hinterher bittere Vorwürfe an seine Begleiterin gerichtet. Die routinemäßigen Ermittlungen der österreichischen Kripo, die man damals im Wege der Amtshilfe ebenfalls mit einer Routinerecherche in Ulm unterstützt hatte, waren nach einigen Wochen beendet worden: Ein Unglück, ein Unfall, bodenloser Leichtsinn – so hatte das offizielle Fazit gelautet, als man die Akte geschlossen und sich dem nächsten Bergunfall zugewandt hatte. Eine Kopie des Ermittlungsberichts war einige Zeit später nach Ulm gesandt worden und dort im Archiv verschwunden, normalerweise für immer, wenn nicht Horst mit seinem merkwürdigen Anruf aus Ägypten die Sache dann, ohne es zu ahnen, wieder ans Tageslicht befördert hätte.

Mit einer energischen Handbewegung klappte Protnik nun die Akte zu, knipste das Licht aus und watschelte dem Ausgang zu. Und was sollte er nun mit dem angebrochenen Abend unternehmen? Also irgendwie fehlte ihm der Meyer schon, der da in Ägypten das Leben genoss und ihn hier im nebligen Ulm in der Zwischenzeit staubige Akten wälzen ließ. Mit einem Seufzer brach Protnik seinen Schwur vom heutigen Morgen, ließ Vorsatz Vorsatz sein und wälzte seine Körperfülle in Richtung »Forelle« davon.

Währenddessen klingelt in seinem Büro das Telefon ...

Kapitel X

»Mein Gott, Beamte!« verärgert knallte Horst Meyer den Telefonhörer auf die Gabel zurück. »Jetzt ist der Sputnik schon wieder nicht im Büro – und die Abele natürlich auch nimmer! Wetten, dass die schon Feierabend gemacht haben?«

Claudia nickte zustimmend: »Die sind halt nicht so blöd wie du und sagen sich, dass es auch noch ein Leben außerhalb des Jobs gibt, gell!«

»Das sagt ausgerechnet die Richtige! Darf ich noch an die Aufbauphase der Praxis vor zwei Jahren erinnern. Da haben die Kinder ja Zeter und Mordio geschrieen, wenn sie dich einmal gesehen haben. Die haben doch damals immer gemeint, die fremde Tante wolle was von ihnen!«

»Ach komm, übertreib doch nicht!« Es war klar, dass Claudia dieses Thema überhaupt nicht behagte, zumal ja die Praxis unterm Strich betrachtet immer noch nicht so lief, wie sie beide das eigentlich erhofft hatten. »Waffenstillstand! O.K?«

Horst nickte: »O.K! Aber trotzdem ärgert's mich, dass da kein Schwein mehr im Büro ist. Bloß weil ich wegen dem ganzen Trouble mit den Tauchern heute Vormittag vergessen habe, anzurufen. Ich möchte nicht wissen, was allein das Durchklingeln von Ägypten nach Ulm schon wieder gekostet hat!«

»Sicher mehr als 2 Mark 50«, war sich Claudia ziemlich sicher. »Aber wenn du meinst, dass es notwendig ist.

Tja – und wenn wider Erwarten etwas dabei herauskäme, dann könntest du die Rechnung ja einreichen und dir die Kosten erstatten lassen!«

»Na – du kennst doch den Unterhauser auch. Der hat mich sowieso auf der Latte und dann: ›Also nein, Herr Meyer! Beim besten Willen kann Ihnen die Ulmer Polizei nicht irgendwelche Telefonate aus Ägypten ersetzen! Wo kämen wir denn da hin, wenn sich jeder seine Urlaubsanrufe von seinem Dienstherrn bezahlen ließe?‹ Wetten, so ginge das?« Horst hatte seine Schimpansenmiene aufgesetzt und seinen von ihm innig verehrten Vorgesetzten, den Kriminaloberrat Alfred Unterhauser, täuschend echt nachgeahmt.

»Sei's drum – wenigstens ist die Sache heute morgen glimpflich abgelaufen!« Claudia war noch immer erleichtert darüber, dass die Taucher nacheinander wieder einigermaßen auf die Beine gekommen waren und beim Eintreffen des Rettungsteams schon wieder so weit hergestellt waren, dass ihnen eine Fahrt im klapprigen Rettungswagen des ägyptischen grünen Halbmonds erspart geblieben war.

»Schon – aber nicht auszudenken, wenn die anderen Taucher, die auf dem Boot waren, nicht mehr hätten rechtzeitig gewarnt werden können. Die wollten ja bis auf 35 Meter. Da hätte die verunreinigte Luft verheerende Folgen gehabt und dann ganz draußen auf dem Meer, ohne Hilfe!« Horst schüttelte sich bei dem Gedanken an das, was heute noch alles hätte passieren können. »Wieso der Mike das nicht beim ersten Atemzug aus dem Lungenautomaten schon gemerkt hat, dass da etwas mit der Luft nicht stimmt, das ist mir ja ein Rätsel. So ein erfahrener Taucher: Der muss doch schmecken, dass die Luft verunreinigt ist!«

»Die Frage hab ich ihm auch gestellt, aber er hat's mir vorhin noch erklärt, bevor wir gegangen sind«, Claudia nickte nachdenklich. »Er hat gemeint, er sei an diesem Morgen sowieso schlecht drauf gewesen, nach der Suche von gestern und wegen dem vermissten Taucher. Da habe er gar nichts mitbekommen – natürlich habe er was geschmeckt, aber er habe schlichtweg keinen Gedanken daran verschwendet, so voll sei sein Kopf mit anderen Dingen gewesen!«

»Typisch Megasportler!« Horst sah seine sämtlichen Vorurteile gegen die braungebrannten, durchtrainierten Megastars wieder einmal bestätigt. »Große Muskeln, kleines Hirn! Also, das ist schon ein Ding, wenn so einer nicht eins und eins zusammenzählen kann!«

»Na – wie auch immer. Da haben alle granatenmäßig Schwein gehabt. Komm, Zeit zum Abendessen«, Claudia schob den Arm unter den ihres Gatten und die beiden gingen (beziehungsweise humpelten) zum abendlichen Büfett ins Restaurant ihres Hotels.

Kapitel XI

Eine derartige Überraschung hatte »Sputnik« Protnik schon lange nicht mehr erlebt. Am heutigen Morgen hatte er es geschafft, sich kopfschmerzfrei ins Büro zu begeben (in der »Forelle« hatte er – im nachhinein glücklicherweise – keine bekannte Seele vorgefunden, mit der es sich gelohnt hätte, einen oder mehrere Scheidebecher herunterzuspülen) und so war er voller Tatendrang zu seiner Arbeitsstätte gewalzt. Auf dem Schreibtisch hatte er zwei aktuelle Tageszeitungen vorgefunden – offensichtlich hatte der neue Bürobote immer noch nicht begriffen, dass es sich dabei um die persönlichen Exemplare des Kriminaloberrats handelte, der sich die beiden Druckerzeugnisse auf Steuerzahlers Kosten jeden Morgen in seine Dienststelle liefern ließ. Unterhauser kriegte jedes Mal die Krise, wenn »seine« Zeitungen mal wieder auf einem anderen Schreibtisch gelandet waren. Na, die arme Sau von Bote würde ordentlich was zu hören bekommen! Immerhin handelte es sich bei der täglichen Zeitungslektüre Unterhausers, so zumindest behaupteten die Lästermäuler in der Direktion standhaft, um die einzige Tätigkeit, die den Mann einen geschlagenen Vormittag lang an seinem Schreibtisch hielt, bis er dann Punkt zwölf als einer der Ersten zum »Essenfassen« in der Polizeikantine auftauchte (vorausgesetzt, er war nicht wieder mal von einem seiner zahlreichen Politbekannten – selbstredend ebenfalls wieder auf Steuerzahlers Kosten – zum Mittagessen in irgendein gehobenes Lokal in oder um Ulm herum eingeladen worden). Auch die zweite Theorie in Zusammenhang mit dem ausgiebigen Pressestudium ihres Vorgesetzten erschien den meisten Kollegen durchaus glaubhaft, nämlich dass sich Unterhauser die eine der beiden Zeitungen, die seriöse Ulmer Ausgabe der »Südwestpresse« nur deshalb besorgen ließ, um seiner eigentlichen Lektüre nachzugehen, dabei handelte es sich um das bekannte Blatt mit den großen Buchstaben, dem spärlichen Inhalt und den darin abgebildeten, noch spärlicher bekleideten Mädels. Zumindest konnte man nach Dienstschluss (den Unterhauser in der Regel penibelst einhielt: Nur ja nicht zu früh, aber auch keine Minute zu spät aus dem Haus gehen!) regelmäßig eine ganz eindeutig unbenutzte, jungfräuliche »Südwestpresse« und eine benutzte (weil zerknitterte) Boulevardzeitung vor dem Büro liegen sehen. Sei's drum, wer sich unbedingt diese Form von Nichtinformation antun wollte: Bitte schön!

Gelangweilt griff sich Protnik die beiden vor ihm liegenden Zeitungen, um die »Südwestpresse« in seinem Aktenköfferchen zu verstauen, das er tagein-tagaus von zuhause ins Büro schleppte und abends wieder zurück (die Kollegen spöttelten alle. Schließlich wussten sie genau, dass außer einer ordentlichen Portion belegter Brote da noch nie auch nur eine einzige Akte untergebracht gewesen war. Na gut, sollten sie spotten – immerhin waren seine Butterstullen zehnmal besser und mindestens fünfmal billiger, als die kaugummigleichen »frischen« Brötchen, die sie einem morgens in der Kantine anzubieten wagten!).

So kam er wenigstens heute nach Dienstschluss zu einem ordentlichen Leseabend (selber abonniert hatte er die Zeitung nämlich nicht, die 30 Mark pro Monat waren ihm einfach zu teuer gewesen. Wozu habe man denn schließlich Radio, Fernsehen und unendlich mitteilsame Kollegen, hatte er sich Horst gegenüber einmal gerechtfertigt, als der sich über sein Desinteresse an gedruckter Information ziemlich gewundert hatte – und überdies, am nächsten Tag waren die Schlagzeilen von heute doch schließlich schon längst wieder Schnee von gestern! Irgendwo tief in Protnik schlummerte halt doch noch ein kleiner Rest von russischer Seele, die sich in Hunderten von Jahren tragischer Geschichte angewöhnt hatte, sich nicht so sehr von den Aufgeregtheiten des heutigen Tages bestimmen zu lassen, sondern erst mal abzuwarten, was die nächsten Jahre so alles bringen würden!).

Gerade hatte Protnik also die »Südwestpresse« im Köfferchen verstaut und war nun dabei, das Boulevardblättchen zusammenzuknüllen und in den Papierkorb zu befördern (Nein, der Unterhauser konnte sich auf den Kopf stellen: Dem würde er die fehlgelaufenen Blätter auf gar keinen Fall auf den Tisch legen!), da fiel sein Blick auf die wie üblich (wahrscheinlich waren die Leser ja alle sehbehindert!) riesige Schlagzeile des Meisterwerks der deutschen Medienszene: »Terror!! Ägypter vergiften deutsche Urlauber!« Und im spärlichen Inhalt des Artikels, den sie unter die großen Lettern gequetscht hatten, war zu lesen, dass bei einem Terroranschlag ägyptischer Extremisten in einem Hotel in der Nähe von Hurghada 25 deutsche Tauchtouristen schwer verletzt worden seien. Ein weiterer werde noch vermisst und sei wahrscheinlich im offenen Meer ein Opfer der Haie geworden. Merkwürdig nur, dass Protnik heute morgen in den Frühnachrichten im Radio keine Silbe davon vernommen hatte!

Mit einemmal schoss ihm eine Ahnung durch den Kopf: Natürlich, das war es! Deshalb also hatte Horst extra aus dem Urlaub, den er ja schließlich wie er den Kollegen stolz erzählt hatte, in Hurghada beim Tauchen verbringen würde, hier im Dienst angerufen. Das musste doch mit dem Teufel zugehen, wenn es da keine Querverbindung zwischen der Schlagzeile und dem Anruf gäbe! Horst in Hurghada, Anschlag in Hurghada, Anruf des Kripokommissars mit Personenanfrage aus Hurghada: Also, wenn das ein Zufall sein sollte, dann konnten sie ihn künftig Iwan nennen!

Nur, weshalb hatte Horst dann schon vor zwei Tagen angerufen, weshalb hatte das Boulevardblatt dann erst heute reagiert und weshalb hatten die Radio- und Fernsehstationen dann bis jetzt noch keine Nachricht von dem Geschehenen gebracht? So aus der Welt, überlegte »Sputnik« Protnik, war Ägypten im Zeitalter der Satellitentechnik ja schließlich auch nicht mehr. Dann, was hatten ein Student und eine Ärztin aus Ulm, die vor ein paar Jahren einmal einen Bergunfall erlitten hatten, mit einem Anschlag ägyptischer Extremisten auf Taucher zu tun?

Und vor allem, weshalb, verdammt noch mal, hatte Horst kein zweites Mal mehr angerufen – meinetwegen auch bei ihm, Protnik, abends zu Hause? Der Kriminalkommissar platzte beinahe vor Spannung und glotzte sein Telefon auf dem Schreibtisch böse an – als ob das etwas dafür konnte, dass sich der nichtsnutzige Kollege nicht mehr aus Hurghada meldete. Typisch Horst: Erst die Gäule scheu machen und dann …

Oder? Vielleicht tat er ihm ja auch bitter Unrecht: Wenn es sich tatsächlich um einen Terroranschlag gehandelt hatte, dann waren womöglich alle Telefonverbindungen gekappt und im Hotel herrschte momentan das blanke Chaos. Und Horst, die arme Sau, da unten mittendrin!

Kapitel XII

Das Hotelmanagement des »Coral Reef« bemühte sich derweil nach Kräften, soweit es die Ereignisse der letzten zwei Tage eben zuließen, Normalität in den Tagesablauf einkehren zu lassen. Aufregung konnte man nicht gebrauchen, egal was geschehen war oder noch geschehen würde: Die Touristen sollten alles so normal wie möglich vorfinden. Die »Hotel-Security«, die Spielzeugsoldaten, die in den letzten Stunden wild mit ihren erhobenen Maschinenpistolen durcheinandergelaufen waren, wurden wieder auf ihre diskreten Posten am Hoteleingang und die Beobachtungsstationen auf dem Gelände verteilt, die Musik rieselte wesentlich softer als sonst aus den Lautsprechern, für jeden Gast gab es einen Extradrink und sogar das Essen schien üppiger (wenn auch nicht besser) als sonst.

Beim Abendessen, genauer gesagt zwischen Hauptgang und Dessert (das Dessert war so, wie es immer war im Süden: Sah sagenhaft aus und schmeckte nach rein gar nichts, allenfalls vielleicht noch nach Zucker), das die Meyers absichtlich an einem Zweiertisch zu sich nahmen, um ungestört von den zahlreichen Fragen der neugierigen Miturlauber zu sein, die heute zu ihrem größten Bedauern auf einer »Safari« (ein großer Name für eintöniges Schlucken von Staub auf einem unwilligen zotteligen Kamel irgendwo in der trostlosen Wüste) gewesen waren und die Topereignisse des Tages so nur noch aus zweiter Hand mitbekamen, meinte Horst nachdenklich zu Claudia: »Also, ich weiß nicht, nachdem ja jetzt zwar die ägyptische Polizei da war und ein bisschen herumgeschnüffelt hat ... ob das wirklich alles ausreicht. Wenn es sich tatsächlich um einen Anschlag gehandelt hat – und alles spricht dafür – vielleicht sollte man dann doch die Deutsche Botschaft einschalten. Was meinst du?«

Claudia meinte: »Quatsch!«

»Und warum nicht, wenn ich fragen darf«, gab Horst ob der eindeutigen Meinungsäußerung seines Gegenübers etwas indigniert zurück.

»Weil da ja nicht nur Deutsche davon betroffen waren, sondern auch Italiener, Schweizer und Engländer. Stell dir doch bloß mal vor, was das hier für ein Verwirrspiel hingibt, wenn die alle ihre Schnüffler herschicken und die Sache untersuchen. Und was glaubst du, was los ist, wenn erst mal die Pressefritzen Wind von der Geschichte bekommen. Du kennst sie doch besser als ich. Denn dann«, und damit wischte sie energisch einen nicht vorhandenen Krümel vom Tisch, »dann wird mit Sicherheit auch die letzte Spur, falls es eine geben sollte, bis zur Unkenntlichkeit zertrampelt.«

»Es gibt immer eine Spur«, murmelte Horst noch immer etwas beleidigt vor sich hin. »Okay, aber alles in allem hast du nicht ganz Unrecht – aber was dann?«

»Dann machen wir einfach noch ein paar Tage Urlaub und genießen unser Zusammensein, mein Schatz«, Claudia schickte ihm eine Kusshand über den Tisch und damit wäre nun der verheißungsvollere Teil des Abends eingeläutet worden, wenn sich nicht just im selben Moment der zwar noch etwas wacklig wirkende, aber immerhin wieder senkrecht stehende Boss der »Red sea shark divers« dem Tisch der beiden Meyers genähert hätte.

»Guten Abend zusammen. Ich hoffe, das Essen hat Ihnen geschmeckt, oder« *Du meine Güte! Wie höflich der mit einemmal doch sein konnte!* Fast schon unangenehm zuvorkommend, der Kerl! Das alte Spiel: Wie bastle ich aus einem Löwen einen Bettvorleger oder: Wer frisst als Erster wen, war (wenngleich auch sicherlich nur kurzfristig) erfolgreich über die Bühne gegangen.

»Darf ich mich setzen?« Fragend schaute er die beiden vor ihm sitzenden Meyers an.

»Aber natürlich, entschuldigen Sie, selbstverständlich!« Horst bemühte sich angesichts des offenbar jammervollen Gemütszustandes ihres Divemasters redlich, ihm über die ersten Klippen der Konversation hinwegzuhelfen. »Wie geht's Ihnen denn jetzt? Ich glaube, Sie und die anderen haben da noch mal gewaltiges Glück im Unglück gehabt!«

Mike nickte unglücklich: »Ja – so muss man das wohl sehen. Wer weiß, wenn wir gleich tiefgetaucht wären und nicht bei 15 Metern Tiefe am Hausriff geblieben wären, oder ... also, ich darf gar nicht daran denken!« Noch immer ziemlich fassungslos ob des vor einigen Stunden Geschehenen schüttelte er den Kopf. »Eigentlich kann ich's immer noch gar nicht glauben: Mir das! Unglaublich, oder?«

Die beiden Meyers sahen einander in die Augen und zogen es vor, auf diese Feststellung des Häufchens Elend an ihrem Tisch lieber keinen Kommentar abzugeben.

»Übrigens, Claudia, natürlich vielen Dank noch, dass Sie so schnell da waren. Jetzt stehe ich schon zum zweitenmal in Ihrer Schuld, oder!« Mike senkte den Kopf und blickte auf die Überreste des Nachtisches, die von den Kellnern immer noch nicht abgeräumt worden waren. Aber schließlich war das Restaurant ja, das hatte der mitteilsame ägyptische Oberkellner den beiden kürzlich vorgejammert, auf der Personalseite hoffnungslos unterbesetzt: Mindestens 30, wenn nicht gar 50 Prozent mehr Kellner sollte er eigentlich zur Verfügung haben, aber die seien durch den Tourismusboom in Hurghada, wo ja fast jeden Tag ein neues Hotel die Pforten öffne, einfach nicht aufzutreiben. Claudia hatte noch erwidert, dass sie im Gegensatz finde, dass hier reichlich Kellner vorhanden seien, statistisch gesehen mindestens einer pro Gast, aber Horst hatte ihre Replik gerade noch unterbrechen können, bevor der Oberkellner die Worte verstanden hatte und mit absoluter Sicherheit davon tödlich beleidigt gewesen wäre.

Claudia legte ihre Hand auf die von Mike: »Aber ich bitte dich, ich hab doch gar nichts tun können. Ich war ja froh, als wir herausbekommen haben, dass es an der Pressluft lag und dass sich dann Gott sei Dank alles wieder von allein eingerenkt hat!«

Horst, den Blick starr auf Claudias Hand gerichtet, warf ein: »Hast du denn eine Ahnung, wie das hat passieren können? Haben die von der Polizei schon eine Spur gefunden?«

Mike verzog bei dieser Frage schmerzlich das Gesicht und nickte: »Allerdings. Die ganze Geschichte ist so banal, dass ich in den Boden versinken könnte! Dass ausgerechnet mir so was passieren muss, oder!«

»Wie? Was?«, Claudia zog erstaunt ihre Hand zurück, was Horst, trotz seiner Überraschung, positiv vermerkte. »Heißt das, es war kein Anschlag? Keine Terrortruppe, die dem Tourismus eins auswischen will, kein Racheakt?«

»I wo! Schön wär's!« angesichts der vorwurfsvollen Mienen revidierte Mike auf der Stelle. »Nein, so war's auch wieder nicht gemeint, oder. Aber die Sache ist so saudumm, dümmer geht's gar nicht!«

»Also komm, schieß schon los«, Horst war der Meinung, dass das einleitende Vorgeplänkel nun lange genug gedauert hatte.

»Gestern Abend, oder, als wir alle noch mit der Suche nach dem vermissten Taucher beschäftigt waren, wir waren ja alle mit den Booten draußen, oder, und hinterher musste ich noch mit dem ganzen Stab zur Polizei, danach war ich noch im Krankenhaus, bei der Theurer, oder.« Mike blickte die beiden anderen an, wie um sicherzugehen, ob die bis dahin auch das Gewicht seiner Aussage verstanden hätten.

»Ja und dann? Komm, mach schon weiter!« Horst wurde allmählich ungeduldig.

»Dann?« noch einmal blickte Mike elend von Horst auf Claudia und wieder zurück. »Dann waren da die beiden ägyptischen Boys, die für' s Aufräumen und für' s

Flaschenfüllen zuständig sind, ganz allein an der Basis. Ja – und da haben sie sich gedacht, machen wir uns doch einen flotten Lenz und verbrennen den Abfall von der Basis, den sie gestern Abend hätten ins Hotel hätten bringen müssen, oder. Alle drei Tage müssen sie nämlich die Mülltonnen leeren, sonst stinkt's bestialisch, oder!« Bei der Basis befand sich eine kleine Imbiss-Station und die produzierte in der Tat alles Mögliche, was in Horsts Augen (er war früher mal eine Zeitlang beim Wirtschaftskontrolldienst gewesen. Gegen diese Imbiss-Buden waren die schlimmsten Schmuddelköche in Ulm wahre Musterknaben an Sauberkeit und Hygiene gewesen!) schon entsorgt gehörte, bevor es überhaupt erst auf dem Teller landete. Mike schaute die beiden Meyers, die noch immer nicht verstanden, ratlos an.

»Ja und? Sauerei halt, aber was hat das denn mit den Pressluftflaschen zu tun?« fragte Horst, dem tatsächlich immer noch nicht dämmerte. Und Claudia ging es kein Haar anders.

»Bedenke doch, was die an Plastik und sonstigem Dreck alles einfach wegwerfen, oder. Und dann schütten die Idioten den ganzen Abfall hinter der Basis auf einen Haufen, leeren einen halben Kanister Bootssprit darüber, dass das nasse Zeug auch wirklich brennt, oder. Ja und dann zünden sie die Scheiße an, was glaubt ihr, wie das qualmt und stinkt.« Mike tippte sich mit dem Zeigefinger an die immer noch recht blasse Stirn.

Claudia begann allmählich ein wahrer Kronleuchter aufzugehen: »Und jetzt sag bloß, dass euer Kompressor zum Befüllen der Flaschen hinter dem Haus steht! Na klar, wo auch sonst?«, tippte sie sich ebenfalls an die Stirn. »Und jetzt müssen die bloß noch gleichzeitig den Kompressor laufen lassen und das Zeug verbrennen und schon ist es passiert! Stimmt's?«

Mike nickte gequält: »Genauso war's. Einfach unglaublich, oder. Bei der ägyptischen Polizei war einer dabei, der kennt sich beim Tauchen aus und der hat sofort geschnallt, was da abgegangen ist, als er zweimal um die Basis herumgelaufen ist. Die beiden haben zwar die Feuerstelle noch mit Sand zugedeckt, als sie fertig waren, aber ein paar Aschenreste hat man trotzdem noch erkennen können, oder, und warm war die Asche unterm Sand auch noch. ihr glaubt es nicht, aber der Polizist hat das denen auf den Kopf hin zugesagt und lang hat er nicht gebraucht, dann haben sie die Schweinerei zugegeben. Unglaublich!« Wieder schüttelte Mike fassungslos den Kopf. »Dabei weiß jeder Anfänger, dass Kompressoren für Taucherflaschen nur bei absolut reiner Luft betrieben werden dürfen, oder, deshalb haben wir ja die Ansaugöffnung für den Kompressor auch hinter's Haus gelegt, wo kein Kamin, kein Abluftschacht, kein Nichts ist, nur saubere, reine Luft, oder! Und dann verbrennen die Idioten genau da ihren Abfall! Nicht zu fassen!« Mike schien sich förmlich in Rage zu reden, verständlich. Denn so wie die Dinge standen, blieb der Vorfall mit Sicherheit nicht unter der Decke. Der Divemaster würde sich auf eine Menge unangenehmer Fragen von seinem Zentralverband in der Schweiz einstellen müssen. Möglich – für

Horst sogar mehr als wahrscheinlich – dass er angesichts der strengen Sicherheitsstandards seines Lizenzgebers den Laden dichtmachen musste oder zumindest seine Lizenz zum Betreiben der Basis verlor. Und dann konnte er hier im Hotel seine Koffer packen, denn die würden problemlos einen anderen Betreiber finden: Die standen praktisch bereits in der Warteschlange. Wenn er Glück hatte, konnte er irgendwo anders unterschlüpfen und wenigstens die Lizenz als Tauchlehrer behalten. Armes Schwein!

»Na, wenigstens war es kein Anschlag«, versuchte Horst vergeblich Trost zu spenden. Er war sich nun auch darüber im Klaren. Mike wäre ein Anschlag zehnmal lieber gewesen, dann hätte zumindest ihm keiner die Schuld für das Geschehene in die Schuhe schieben können. Aber so?

»Und was hat die Sache von heute Morgen mit dem gestrigen Unfall zu tun«, erkundigte sich Claudia. »Gibt's da dann auch einen Zusammenhang?«

Mike schüttelte den Kopf: »Nicht dass ich wüsste. Aber eigentlich weiß ich jetzt bald gar nix mehr, oder. Die Polizei sagt, sie dürfen Angelika erst morgen vernehmen und dann ja auch nur durch die Gegensprechanlage in die Druckkammer rein. Vielleicht wissen sie dann mehr, aber es sieht nicht so aus, als hätte das Eine irgendetwas mit dem Anderen zu tun!«

Aus einem ihm kaum erklärlichen Grund keimte in Horst ein Gefühl der Enttäuschung auf. War er schon so abgebrüht und so sehr Polizist, dass er immer und überall nur Unrat, Mord, Totschlag und Verschwörung witterte. Weshalb konnte er denn die Tatsachen nicht anerkennen und akzeptieren, dass hier zufälligerweise zwei Unfälle hintereinander passiert waren, die erstens nicht das Geringste miteinander zu tun hatten und die (zumindest jetzt nachweislich in einem Fall) durch bodenlosen Leichtsinn zustande gekommen waren?! Horst gelobte innerlich Besserung und beschloss, den Urlaub mit Claudia ab jetzt in vollen Zügen zu genießen.

Kapitel XIII

Der Tauchgang war phantastisch gewesen! Nachdem Mike schon früh am nächsten Morgen die Basis wieder auf Vordermann gebracht und alle Pressluftflaschen zur Sicherheit gleich zweimal hintereinander, mit nun aber wirklich frischer Luft, gefüllt hatte, waren die Meyers auf das gestrige Angebot eingegangen und hatten (nur sie zwei beide!) einen herrlichen Tauchtrip am Hausriff absolviert.

Mit den Füßlingen hatte alles geklappt wie versprochen und die Flossen hatten auch gepasst, so dass sich Horsts Schmerzen an den zerschnittenen Füßen beim Anziehen in Grenzen gehalten hatten.

Die Beatles hatten damals tatsächlich Recht gehabt mit ihrem berühmten Song »Octopussus garden«: Es handelte sich wirklich um den Hausgarten des Tintenfisches, da unten im Meer. Rote, blaue, gelbe und grüne Korallen, einfarbige Fische, gestreifte, gepunktete, leuchtende, ganz winzige kleine in unvorstellbarer Anzahl, riesige, wie der Napoleonfisch mit gut und gerne einem Meter Länge, der sie ein Stück begleitet hatte, Flötenfische, die tatsächlich aussahen, wie ins Wasser geworfene Blockflöten. Eine Muräne, die majestätisch unter ihnen vorbeigeschlängelt war (die Angst verging schnell, wenn man merkte, dass die sich überhaupt nicht für die beiden Taucher interessierte, die da in respektvollem Abstand blieben) und die, wie sie dann voller Staunen registrierten, ganz offensichtlich zu ihrem Reinigungsplatz unterwegs gewesen war, denn an einer ganz bestimmten Stelle am Riff verschwand sie zur Hälfte in den Korallen und legte sich erst einmal mit einem prächtigen Juwelen-Zackenbarsch an, der offenbar in derselben Absicht und zur gleichen Zeit wie die Muräne hierher geschwommen war. Ganz offensichtlich stritten sich die beiden um das Vorrecht, sich als Erster von den Putzerfischchen säubern lassen zu können. Schließlich einigte man sich offenbar auf einen Kompromiss: Beide ließen sich gleichzeitig von der Putzkolonne pflegen, anscheinend war die auch in ausreichender Zahl vorhanden und hatte nur auf den Ansturm der Kundschaft gewartet.

Verrückt, wenn man dann nach 40 oder 50 Minuten wieder an die Oberfläche auftauchte, wie öde, leer und lebensfeindlich einem dann das Land erschien, das sich hinter dem Riff aufbaute: Sand, Sand und nochmals Sand, kilometerweite braune Ödnis, am Horizont durchbrochen von den dunkelbraunen Spitzen der Berge. Doch nirgendwo etwas grünes, nirgendwo die prächtigen Farben der lebensprallen Unterwasserwelt: Nur sengende, gnadenlose Hitze über der Wüste, in der man sich, in schroffem Gegensatz zum Korallenriff, nicht einmal die Spur von Leben vorstellen konnte.

Gerade waren sie wieder die Leiter hochgeklettert, hatten lediglich die Pressluftflaschen abgeschraubt und sich dann, immer noch in den nassen Tauchanzügen, erst einmal, zufrieden mit sich, der Welt und dem gerade absolvierten Tauchgang, auf den Boden des Pontons gesetzt, der von der Basis zur Riffkante führte, um das Echo des gerade Erlebten und Gesehenen noch ein paar Minuten genießen zu können, da begann der Boden des Stegs zu schwingen, denn Mike, der Divemaster, kam von der Basis her auf die beiden Meyers zugerannt. In der einen Hand schwenkte er aufgeregt ein Stück Papier durch die Luft, etwas, das aussah wie eine Zeitung – und das war es auch, beim Näherkommen erkannten sie es, eine ganz bestimmte Zeitung: Die mit den großen Buchstaben und dem kleinen Inhalt!

»Da, schaut euch die Sauerei an, hab ich grade von den neuen Gästen, die heute Morgen angekommen sind, erhalten!« Mike war außer sich: Nicht nur, weil er das ganze Stück vom Hotel bis hierher gerannt war, sondern hauptsächlich vor Aufregung und Empörung. »Da, lest mal, was da steht: ›Terror! Ägypter vergiften deutsche Urlauber!‹ Und dass es 25 Schwerverletzte gegeben habe! So ein Granatenblödsinn!« Mike zitterte regelrecht vor Wut und Ratlosigkeit. Nicht mal mehr das typisch schweizerische »oder« am Ende jedes zweiten Satzes war ihm von den Lippen gekommen, registrierte Horst mit Erstaunen.

»Haben die das also auch schon wieder mitbekommen – es ist unglaublich!« Horst schüttelte missbilligend den Kopf.

»Genau – unglaublich, oder!« *Aha – es ging also doch noch!* pflichtete Mike ihm bei.

Claudia streifte ihren Tauchcomputer ab und legte ihn neben sich auf den Boden. »Aber woher können die das wissen, die haben doch nicht in jedem Hotel einen Reporter sitzen?«

»Wissen ist gut«, schnaubte Mike. »Sinnlos übertrieben ist der ganze Blödsinn, oder!«

»Natürlich haben die in jedem Hotel, in dem Deutsche untergebracht sind, einen Reporter«, entgegnete Horst auf Claudias Frage und handelte sich mit dieser Aussage erstaunte Blicke der beiden anderen ein. »ihr wisst doch, wie viel Millionen Deutsche dieses Blatt da lesen, ich begreif's zwar nicht, aber es ist nun einmal so. Und überall auf der Welt, egal wo du Urlaub machst, ist es doch schon da, wenn du ankommst. Meistens – und das ist das Einzige, was ich bei denen wirklich bewundere, höchstens einen Tag alt. Also diese Logistik ist wirklich sagenhaft!«

Claudia verstand noch immer nicht. »Na trotzdem. Logistik hin oder her. Wie soll sich das rechnen, in jedem Hotel ein Reporter?«

»Ganz einfach«, Horst machte eine ausladende Handbewegung. »Unter denen, die den Mist hier regelmäßig lesen, sind immer welche, die wissen, dass sie ein paar Mark kassieren können, wenn sie dort in der Redaktion anrufen und denen einen Tipp geben. So läuft das – hundertprozentig!«

Mike hieb mit der Faust auf die Leiter. »Das heißt, du glaubst, einer von unseren Kunden hat die Sauerei angerichtet, oder?«

»Na, angerichtet ja wohl nicht gerade«, also den schrägen Seitenblick auf Mike konnte Horst sich nun auch nicht verkneifen. »Aber dass einer von den Tauchern oder von den anderen Hotelgästen da angerufen hat, davon bin ich felsenfest überzeugt!«

»Wunderbar!« noch mal ließ Mike die Leiter spüren, was der oder die Anrufer erwarten konnten, wenn er je herausbekam, wer es gewesen war. »Und ich kann jetzt schauen, wie ich klarkomme. Da hat doch vorher an der Rezeption gleich einer gefragt, ob man hier denn wirklich noch sicher tauchen könne und ein anderer hat gemeint, ich solle jetzt erst mal mit den Preisen runter – bei dem schlechten Ruf, den meine Basis jetzt habe. So ein Arschloch, oder!« Und ein drittes Mal musste die Leiter als Prellbock herhalten.

»Na komm, nimm's nicht so schwer«, versuchte es Claudia mit ein paar tröstenden Worten. »Das renkt sich schon wieder ein. Lass erst mal ein paar Tage Gras über die Sache wachsen, dann läuft bestimmt alles wieder, wie vorher ...«

»Wenn nur die Bank auch ein paar Tage Gras über die Zinsen decken würde«, murmelte Mike düster vor sich hin. »Und dann noch die von Subex, oder. Ich bin gespannt, wann die sich melden!« Man sah förmlich, wie ihm vor diesem Anruf jetzt schon schauderte.

»Kommt, wir gehen zur Basis. Ich brauch' jetzt erst mal einen Whisky. Ich lad euch ein – keine Sorge, es ist ein richtiger Bourbon, oder!« Es war klar, Mike wollte momentan auf keinen Fall alleine sein und seine Angestellten waren ihm momentan auch kein richtiger Trost – gut möglich, dass da einer schon kräftig an seinem Stuhl sägte, um hinterher selbst die Leitung der Basis zu übernehmen.

»Ach, wenn wir schon dabei sind …« Horst hatte es geahnt, dass das Whisky trinken doch nicht alles war, sondern dass da noch etwas kommen musste. »Die vom Hotel bringen mir nachher die Sachen von der Angelika Theurer und von ihrem Freund vorbei. Die wären heute nämlich abgereist und das Hotel braucht das Zimmer. Ich soll mich darum kümmern, dass sie ihre Sachen wiederbekommt, wenn sie aus dem Krankenhaus entlassen wird. Schließlich sei's ja ein Tauchunfall gewesen und der fiele in mein Ressort, oder. Außerdem«, Mikes Miene verdüsterte sich, »außerdem soll ich dafür sorgen, dass die Angehörigen verständigt werden!«

»Mit anderen Worten, da hat noch niemand etwas unternommen!« Claudia war (fast) sprachlos. »Das ist aber eine Riesenschweinerei. Wieso haben denn die ägyptischen Polizisten nicht …«

»Weil sie sagen, es sei ja schließlich ein Unfall gewesen, oder!« fiel Mike ihr ins Wort. »Und das ginge sie nichts an. Wenn sie jeden Unfall nachverfolgen müssten, den ein deutscher Tourist in Ägypten hätte, dann würden sie zu sonst nichts mehr kommen. Die sind ja auch gottfroh, dass die Geschichte mit der Pressluft nur Schlamperei war und kein Anschlag, deshalb haben sie auch da nichts weiter unternommen. Und ich soll die beiden Kerle jetzt rausschmeißen, oder! Dann bin wieder ich der Sündenbock, verdammt noch mal!«

»Ja und was ist jetzt mit den Sachen?«

Horst begriff nicht ganz.

»Na irgendwo hat sie da ja ihren Reisepass drin und den von ihrem Freund. Den soll ich suchen und dann die Angehörigen anrufen!« Mike war nicht gerade glücklich über die neue Bürde, die da auf seine Schultern gelegt worden war. »Ich hab gestern mitbekommen, dass du in Deutschland bei der Kripo bist«, wandte er sich nun direkt an Horst. »ihr habt doch Übung in solchen Sachen, oder!«

»Ach so, daher weht der Wind!«

Horst kippte den scharfen Whisky in einem Zug hinunter.

»Und jetzt soll ich die Drecksarbeit machen!«

»Horst!« Claudia schaute ihn vorwurfsvoll an. »Jetzt stell dich doch nicht so an! Wir machen das schon für dich, Mike!« Sprach's und legte beschwichtigend ihre Hand auf die des Tauchlehrers.

Horst sandte einen missbilligenden Blick in Richtung Tischplatte. »Na gut, aber glaubt doch nicht, dass die noch mit ihren Eltern zusammengewohnt haben – so alt wie die waren, das heißt sind«, verbesserte er sich augenblicklich. »Unmöglich!«

»Schon – aber vielleicht finden wir in den Sachen ja irgendwo einen Hinweis darauf, wen man sonst noch anrufen kann oder wo sie gearbeitet haben.« Claudia zog ihre Hand wieder zurück, was Horst positiv registrierte und sich darauf eigenhändig den nächsten Whisky eingoss, was ihm nun seinerseits einen tadelnden Blick seiner Angetrauten einbrachte.

»Na komm schon, wenn ich schon für's Grobe zuständig sein soll, dann werd ich mir wohl noch einen genehmigen dürfen! So angenehm ist so ein Telefonat nämlich weiß Gott nicht!« Horst ließ sich auch den zweiten Bourbon schmecken, dessen Schärfe ihm wohltuend durch die Kehle ran. »Also«, klatschte er in die Hände. »Wo steht das Zeug?«

»Da bringen sie's gerade«, deutete Mike auf zwei Hotelboys, die drei große Reisetaschen auf dem Sandboden hinter sich herzogen.

»Du meine Güte, wenn die immer so mit den Sachen umgehen, sobald man nicht dabei ist!« stöhnte Horst. »Da bring ich meine Koffer lieber eigenhändig zum Bus!«

»Bringt auch nichts«, warf Claudia ein. »Dann werfen sie's am Flughafen durcheinander. Weißt du noch, bei der Ankunft, als der den ganzen Stapel umgeworfen hat?« erinnerte sie ihn an die Szene, wo sie kurz nach ihrer Landung beobachtet hatten, wie einer der für die Fracht zuständigen ägyptischen Helfer mit dem meterhoch beladenen Gepäckwagen über das Rollfeld gefahren war, eine Kurve gedreht hatte und dabei die meisten Koffer auf die Betonpiste geknallt waren. Doch der Fahrer hatte sich nicht die Bohne darum gekümmert, sondern war unverdrossen weitergezuckelt – eine Viertelstunde später war dann ein anderer gekommen, der die Gepäckstücke dann einzeln in Richtung Förderband hatte schleppen müssen.

Mittlerweile waren die beiden Hotelangestellten mit den Taschen in der Basis angekommen. »Vielen Dank«, deutete Mike mit der Hand vor sich auf den Boden, »ihr könnt's gleich hier stehen lassen.«

Die beiden setzten die Taschen am gewünschten Ort ab, rührten sich danach aber keinen Zentimeter von der Stelle. Horst und Claudia blickten sich fragend an. Was hatte das nun schon wieder zu bedeuten?

Aber Mike hatte verstanden: »Nix da Bakschisch! Das sind nicht meine Koffer, oder! Macht, dass ihr davonkommt, aber dalli-dalli!« herrschte er die zwei Hotelboys an, denen die Bedeutung von »dalli-dalli« offenbar höchst bekannt war, denn sie traten tatsächlich und unverzüglich den Rückmarsch an, nicht ohne laut miteinander zu diskutieren, kaum dass sie einen gewissen Sicherheitsabstand zur Basis gewonnen hatten. Über den Inhalt der Unterhaltung waren sich die drei in der Tauchstation vollkommen im Klaren, aber sollten die Ägypter doch denken, was sie wollten, Mike und die Meyers hatten momentan andere Sorgen.

»Also – gern mach ich das ja nicht, da in den Sachen von anderen rumzuwühlen!« meldete Horst sich als Erster zu Wort, um danach seufzend hinzuzufügen: »Aber was bleibt uns schon anderes übrig!«

»Eben!«, Claudia sah die Angelegenheit von der pragmatischen Seite. »Kommt, bringen wir's hinter uns! Jeder nimmt sich eine von den Taschen vor, dann geht's um so schneller!«

Die anderen nickten zustimmend und begannen nun, die Reißverschlüsse der Taschen zu öffnen. »Wäsche: Socken, Unterhosen, T-Shirts, das Übliche halt. Ansonsten: Fehlanzeige!« Horst, dem man, das musste er sich widerwillig selbst eingestehen, eine gewisse Professionalität beim Durchsuchen nun einmal nicht absprechen konnte, war als Erster mit seiner Tasche fertig.

»Bingo – ich hab was«, ließ sich in diesem Moment die triumphierende Stimme von Claudia vernehmen: »Da – die Tickets und zwei Reisepässe. Sie haben sie in der Innentasche stecken gehabt. Na also!« Zufrieden legte sie ihre Fundstücke vor sich auf den Tisch.

»Du meine Güte, seid ihr aber fix«, staunte Mike, der gerade dabei war, den Inhalt der Tasche, die er übernommen hatte, fein säuberlich auf dem Stuhl vor sich zu stapeln.»Dann kann ich ja jetzt die Suchaktion beenden, oder! Aber was ist das denn?« Mit der rechten Hand förderte er nacheinander zwei steril verpackte Einwegspritzen und drei Glasfläschchen zutage, die eine durchsichtige Flüssigkeit enthielten. Die Fläschchen steckten in einer verschweißten Plastikhülle, die bereits aufgerissen war – ursprünglich musste sie ganz eindeutig fünf dieser Ampullen enthalten haben. Eines nach dem anderen legte er vor den erstaunten Meyers auf den Tisch zu den Reisepässen.

»Die werden doch nicht etwa rauschgiftsüchtig gewesen sein, die beiden!«, begann der nicht minder erstaunte Mike darüber zu spekulieren, was es mit seinem überraschenden Fund auf sich hatte.

»Warte mal«, Claudia griff sich eines der Fläschchen und hielt es prüfend gegen das Licht. »Da steht doch was drauf, meine Güte, ist das klein geschrieben und ich hab meine Brille nicht dabei!« Den erstaunten Seitenblick von Mike ignorierte sie geflissentlich: »Komm Horst, lies du mal vor!«

Horst nahm ihr das Fläschchen aus der Hand und begann langsam, die Aufschrift zu entziffern: » A..t..r..o.. p..i..n..u..m s.. u..l ...f..u..r..i..c ...u..m, I – d – H..y..o..s.. c..y..a..m..i..n – Lösung. Also, Atropinum sulfuricum, I-d-Hyovitamin – Lösung!«

»I-d-Hyoscyamin, nicht Vitamin«, korrigierte Claudia entschieden. »Und das ist ein gewaltiger Unterschied. Da ist nämlich kein Vitamin drin in diesen Fläschchen hier, sondern Atropin! Ein wahres Teufelszeug!«

»Atropin!« Horst staunte Bauklötze. »Das haben wir damals auf dem Kommissarskurs in der Polizeischule in Schwenningen durchgenommen, das ist doch glaube ich ein Extrakt aus Tollkirschen oder Binsenkraut oder so was ähnlichem. Auf jeden Fall saumäßig giftig!«

Claudia nickte. »Es ist glaub ich, aus beidem. Einerseits unheimlich giftig, andererseits in der richtigen Dosierung ein Wundermittel in der Notfallmedizin. Damit kann man ein Herz, das aufgehört hat zu schlagen, wieder in Gang bringen. Man kann aber auch bei unsachgemäßem Umgang damit genau das Gegenteil auslösen: Bis hin zum Exitus!«

»Jetzt würd mich aber doch interessieren, wieso die so ein Zeug bei sich haben, oder!« meldete sich Mike wieder zu Wort. »Komm, gib mir mal die Pässe«, wandte er sich an Claudia. Die nahm sie allerdings selber in die Hand und klappte sie auf: »Martin Rambacher, geboren 1967, also 30 Jahre alt, wohnhaft in Ulm – na, soweit waren wir ja schon.« Mit einem Seufzer legte sie den ersten Pass zur Seite und schlug den zweiten auf: »Theurer, Angelika, Dr., geboren 15.3.1959, wohnt auch in Ulm. Könnte also Ärztin sein, als Dr., könnte aber auch sonst was studiert haben. Jetzt sind wir so schlau wie vorher!«

»Gib doch noch mal die Reiseunterlagen her«, wandte sich Horst an Mike. »Beim Visumausfüllen muss man doch auf den Wisch, den man zur Einreise braucht, die Berufsbezeichnung draufschreiben. Vielleicht ...«

»Aber den muss man doch dann beim Rausgehen wieder abgeben«, wurde er von Claudia unterbrochen. »Schau lieber mal nach, ob die noch die Zahlungsbestätigung vom Reisebüro dabei haben, oder vielleicht die Rücktrittskostenversicherung, ja genau – da müsste doch eigentlich der Beruf draufstehen«, war sich Claudia sicher.

»Moment, Moment«, Horst prüfte die Papiere und wurde schließlich fündig. »Du hast Recht gehabt, hier bei der Bestätigung der Reiserücktrittskostenversicherung steht's: Dr. med. Angelika Theurer, und da auch noch unter Beruf: Ärztin. Und bei ihrem Freund steht halt: Student. Also – so weit ist das klar!« Horst lehnte sich entspannt im Sessel zurück. »Sie ist Ärztin und ich habe die Spritzen ja auch in ihrem Gepäck gefunden. Na bitte!«

Claudia schien alles andere als mit dieser Aussage zufriedengestellt: »Und was ist mit mir? Ich bin auch Ärztin – aber schleppe ich deshalb lose Einwegspritzen und Fläschchen mit Atropin mit mir herum? So was gehört in einen Notfallkoffer und auch da kenne ich keinen Arzt, der das mit in den Urlaub schleppt. Reiseapotheke gut und schön, aber Atropin hat mit einer normalen Reiseapotheke so wenig zu tun, wie die Pyramiden mit Eisbergen!«

Da hatte sie nun auch wieder Recht, musste sich Horst eingestehen. Aber was sollte das mit den Spritzen denn dann bedeuten?

Kapitel XIV

Die beiden Meyers waren trotz längerem Grübeln auf keine zündende Idee mehr gekommen – und die verunglückte Taucherin zu befragen, das war von vornherein ausgeschieden, denn die musste noch mindestens drei Tage, wie ihnen Mike berichtet hatte, in der Druckkammer bleiben. Ansonsten aber schien die Prognose für sie gut zu sein, die ägyptischen Ärzte hatten davon gesprochen, dass sie ihrer Meinung nach wohl ohne bleibende Schäden davonkommen würde: Glück gehabt – im Gegensatz zu ihrem Begleiter Martin Rambacher, von dem nach wie vor jede Spur fehlte. Hier hatten die Suchtrupps längst die Hoffnung aufgegeben, ihn, wenn überhaupt, wenigstens noch als Toten zu finden: Von Martin Rambacher war – so grausig sich das anhörte, nichts mehr übriggeblieben. Wer weiß, mit welcher Strömung und wohin die paar übriggebliebenen Ausrüstungsgegenstände wohl gedriftet waren ...

Die Angehörigen der beiden hatten sie schon deshalb nicht erreichen können, weil die Telefonverbindungen nach Deutschland unterbrochen waren: Auch das noch! Da mussten ja die Freunde und Verwandten erst recht an einen Terroranschlag in Ägypten glauben: Erst die Schlagzeilen in dem Boulevardblatt und dann die gestörte Telefonleitung! Mike hatte versprochen, sich immer wieder darum zu bemühen und natürlich auch – weshalb war eigentlich das Management nicht selbst darauf gekommen – zusätzlich noch die Deutsche Botschaft in Kairo zu verständigen. Horst hätte außerdem ganz gern noch mal seinen Kollegen Protnik in der Polizeidirektion angerufen, das hatte er ja sowieso machen wollen, aber egal, in zwei Tagen wäre er ja wieder zurück und in drei Tagen (idiotischerweise hatte er sich nicht mehr Tage zur Überstundenabgeltung genommen!) schon wieder am Schreibtisch. Dann konnte er von dort aus ...

Irritiert hob er den Kopf: »Wie ... was hast du gemeint?« Claudia hatte ihm offenbar gerade eine Frage gestellt, er aber hatte nichts davon mitbekommen, so sehr hatte ihn mit einemmal die Möglichkeit in Beschlag genommen, vielleicht ja doch von der Ulmer Mordkommission aus noch einmal den ganzen Fall nachrecherchieren zu müssen.

Vorwurfsvoll schaute sie ihn an: »Ich weiß genau, was du jetzt gedacht hast! Aber daraus wird nix – wir haben Urlaub, mein Liebster!« (Horst hasste es, wenn sie ihn so nannte!) »Und außerdem, die hatte halt einen Tick mit ihrem Atropin, wer weiß, wieso die das dabei gehabt hat. Ist doch auch einerlei – ihr Freund ist tot und sie liegt in der Klinik. Da wird selbst der Herr Kriminalkommissar Meyer nicht mehr als einen ganz dummen Unfall hineingeheimnissen können!«

Horst hob beschwichtigend die Hände: »Ist ja schon gut, ist ja schon gut! Machen wir uns also noch einen schönen Tag und morgen zwei schöne Tauchgänge. Du hast ja wieder mal so Recht, Schätzchen!« (Er wusste, das wiederum konnte sie nichts um alles in der Welt ausstehen. Und so stand's nun Unentschieden, keine Hindernisse mehr im Weg für einen wunderbaren Resturlaub. Denkste!

Kapitel XV

Schon die Nacht war furchtbar gewesen. Viermal (!) war er aufgewacht, jedes Mal schienen ihm glühende Nadeln im Bauch die Gedärme zu zerreißen. Und kaum hatte er sich dann schweißüberströmt im Bett aufgerichtet, da war ihm auch schon speiübel geworden. Gerade noch zur Toilette hatte es gereicht: Seitdem kannte er das Innenleben eines ägyptischen Klosetts nahezu auswendig. Am nächsten Morgen war Claudia aufgewacht und hatte ihren verschwitzten, bleichen Gatten verwundert gemustert: »Sag mal, ist etwas mit dir nicht in Ordnung? Du siehst ja aus, wie frisch durch den Wolf gedreht! Ist dir etwa nicht gut, bist du krank?«

»Wie kommst du denn auf so was«, hatte Horst daraufhin mit matter Stimme gestöhnt. »Nur ein bisschen Bauchweh, Durchfall, Übelkeit, Erbrechen – und das die ganze Nacht lang, während meine liebe Gattin den Schlaf der Gerechten schläft – wieso soll's mir also nicht gut gehen!«

»Mein Gott, du siehst aber auch aus wie das Leiden Christi! Dann hättest du mich halt geweckt!« Claudia war die Fürsorge selbst.

Horst winkte müde ab: »Und was hätte das geändert? Reparieren hättest du das auch nicht mehr können. Mein Gott, hätte ich doch bloß gestern Abend diesen verdammten Hamburger nicht mehr gegessen!« Sprach's – und schaffte es gerade noch in Richtung Badezimmer, um erneut Bekanntschaft mit dem Innenleben des Klosetts zu feiern.

»Ich hab dir's ja gleich gesagt, der Hamburger hat schon so komisch ausgesehen!« Horst liebte es, wenn Claudia Recht behielt und ihm in solch wehrlosen Situationen wie dieser Contra gab und ihm dann auch noch bei seinem Leiden zusah.

»O.K, O.K.! Aber jetzt ist's zu spät«, würgte er zwischen zwei Eruptionen seines gebeutelten Magens hervor. »Ich bring den Kerl um, wenn ich ihn finde – und falls ich jemals wieder die Kraft dazu haben sollte!« Mit dem »Kerl« meinte er den ägyptischen Koch am Pool, bei dem er sich mit einem Hamburger die Zeit bis zum Abendessen hatte verkürzen wollen.

»Das nächste Mal nehmen wir auf jeden Fall einen Flachmann mit!« Claudia ärgerte sich, dass sie dieses Allheilmittel gegen Mageninfektionen zu Hause beim Einpacken vergessen hatte. Dabei waren sie damit bisher immer gut gefahren: Jeden Abend einen Schluck aus der Pulle und bisher war Magenverstimmung oder gar dieser Zustand, in dem sich Horst jetzt ganz offensichtlich befand, erfolgreich vermieden worden.

»Worauf du Gift nehmen kannst!« der Patient ließ sich ächzend auf's Bett fallen.

»Geh du nur ruhig allein zum Frühstück – ich krieg sowieso keinen Bissen runter. Und wer weiß, wenn der nächste Anfall kommt, ob ich's dort dann rechtzeitig auf eine Toilette schaffe. Nee, das Risiko ist mir zu groß!«

Claudia begann sich ernsthaft Gedanken wegen des Rückflugs zu machen – ob sie ihren Mann bis morgen früh wohl so weit wieder aufgepäppelt hatte, dass er problemlos den vierstündigen Flug absolvieren konnte? Na hoffentlich!

»Schade – aber mit dem Tauchen ist's jetzt leider auch Essig! Und dabei hab ich mich so darauf gefreut!« Horst verdrehte die Augen. »Aber du könntest dir ja einen Partner suchen und mit dem dann hier am Hausriff ...«

»Komm, halt die Luft an! Sonst noch was!« Claudia beendete die Diskussion energisch. »Entweder ich tauche mit dir zusammen oder ich lasse es bleiben – basta! Ende der Fahnenstange!«

»Ist ja schon gut, ist ja schon gut, hab ja nur gemeint«, murmelte Horst und zog sich die Bettdecke hoch bis an den Hals. »Ich versuch' mal, ein Stündchen zu schlafen. Hab ja die ganze Nacht über kein Auge zugetan! Grauenhaft!«

Claudia drückte ihm noch einen Kuss auf die fiebrige Stirn und zog die Tür hinter sich zu. Aus langjähriger Erfahrung als Ärztin wusste sie genau, dass dieser – ihr letzter – Urlaubstag im Prinzip bereits schon gelaufen war, bevor er begonnen hatte. Alles in allem hatten sie eine Woche in Ägypten verbracht, die man nun mit dem Begriff »Urlaub« wirklich höchst unzureichend beschrieben hätte – aber dennoch: Zumindest interessant waren die letzten Tage ja wirklich gewesen. Schade nur, dass es nur so selten zum Tauchen gereicht hatte, weswegen sie ja eigentlich hierher gekommen waren.

Kapitel XVI

»Also das ist ja genau das, was wir brauchen können: Erst eine Woche Urlaub nehmen und dann nahtlos daran anschließend krank machen!« Wütend hieb Kriminaloberrat Unterhauser, der Chef der Ulmer Mordkommission auf die Schreibtischplatte. »Da muss man ja mit Teufelsgewalt Urlaub nehmen und die anderen können schauen, wo sie bleiben! Dann verreisen die Herrschaften auch noch standesgemäß ganz exotisch und kommen mit der Scheißerei wieder zurück! Na bravo!«

Horst begann es schon wieder den Magen herumzudrehen, aber er schaffte es, sich soweit unter Kontrolle zu halten, dass er Unterhauser fest in die Augen blicken konnte. Das hatte ihm heute gerade noch gefehlt, dass er diesem Arschloch vor die Füße stolpern musste. Es hatte ja schon am Morgen ganz toll begonnen, als ihm Protnik heftige Vorwürfe gemacht hatte, weil sein versprochener Rückruf aus Ägypten ausgeblieben war: »Erst den Gaul scheu machen und sich dann nicht mehr melden! Also wirklich: Du lässt hier die Puppen tanzen und streckst dann den Bauch in die Sonne, dann kommst du zurück und bist erst mal einen Tag lang krank, wenigstens da hättest du dich ja melden können!« Der sonst so sanfte Sputnik war der Vorwurf in Person gewesen und Meyer musste sich innerlich eingestehen, dass er wirklich nicht alles versucht hatte, um sich nochmals aus Ägypten zu melden. Aber das mit dem einen Tag Krankfeiern: Also, gestern war er tatsächlich nicht in der Lage gewesen, auch nur einen Schritt vor die Tür zu setzen, so sehr hatten ihn der Flug und sein erbärmlicher Gesundheitszustand geschlaucht. Dann die Ankunft in Stuttgart: Nebel, Minusgrade, Eisregen – welcome back im Eisland! Da hatte ihn der Schüttelfrost gleich doppelt so heftig gepackt, wie noch sechs Stunden vorher bei 35 Grad im Schatten in der Warteschlange des hoffnungslos überlasteten Flughafens von Hurghada. Auch heute noch fühlte er sich, wie zigmal durch's Wasser gezogen und konnte sowieso nicht viel ertragen, schon gar nicht den unsäglichen Redeschwall dieser Flasche namens Unterhauser! Da schoss ihm ein Gedanke durch den Kopf, genial! Na, dann schienen doch noch ein paar Lebensgeister in ihm zu schlummern, Gott sei Dank! Und schon zündete er die Lunte für den ahnungslosen Chef, der sich da so fuchsteufelswild vor Horsts Schreibtisch aufgeplustert hatte. Das ganze Jahr über sah man das Arschloch nie hier drin und heute meinte er, den wilden Mann markieren zu müssen. *Na warte, Freundchen, kannst du haben!* So beiläufig, wie es ihm in seinem Zustand möglich war, wandte Horst sich an seinen Vorgesetzten: »Wie regle ich das eigentlich mit dem Telefonat, Herr Unterhauser?«

Der wurde durch diese Frage jäh in seiner Schimpfkanonade gebremst und glotzte Horst durch seine schnieke Designerbrille *(als ob man mit so einem teuren Teil einen Hornochsen in ein Rennpferd verwandeln konnte – na ja! Marke: »Progressiv dynamisch, aber sachlich!«)* nur ratlos an: »Was für ein Telefonat denn?«

»Na, ich hab doch den Sputnik, ich mein, den Protnik«, verbesserte sich Horst, als sich die Ratlosigkeit in der Miene des jungen Karriereschnösels noch verstärkte (nicht einmal die Spitznamen seiner engsten Mitarbeiter kannte der!). »Also, ich hab den Protnik doch aus Ägypten angerufen!« Bewusst ließ er den eigentlichen Zweck seines Anrufs im Dunkeln.

Unterhausers Miene begann sich noch mehr zu verfinstern. »Ja – und?!«

»Ja – wie rechnet man so was ab – also auf der Hotelrechnung wird das Telefonat in ägyptischen Pfund aufgeführt. Welchen Kurs muss ich denn da zugrundelegen? Den aktuellen Wechselkurs am Tag des Telefonats oder den, wenn ich die Rechnung einreiche?«

»Die Rechnung? Einreichen? Hier womöglich!« Die Lunte hatte die Bombe erfolgreich gezündet: Unterhauser war außer sich. »Sie wollen sich allen Ernstes ein Telefonat, das Sie im Urlaub in Ägypten geführt haben, von unserer Staatskasse bezahlen lassen?! Ist das Ihr Ernst?« Unterhauser glotzte auf Meyer herunter, als sei der nicht ganz bei Trost!

Dem ging es angesichts der erfolgreich verlaufenen Aktion »HB-Männchen« gleich wieder eine ganze Spur besser: »Unsere Staatskasse!« Davon sprachen ausgerechnet immer diejenigen Parteihengste, die die Kuh vorher am meisten gemolken hatten! Deshalb durfte der Karrierehengst ruhig noch ein bisschen höher springen: »Ja wieso denn nicht? Schließlich habe ich mich doch nach jemandem erkundigen wollen und das hat ganz schön

Geld gekostet – grob gesagt beim heutigen Umrechnungskurs«, Horst machte eine abschätzende Miene, »würde ich mal sagen ... 65 Mark unter Brüdern.«

Mit dieser Bemerkung hatte er dem Fass endgültig erfolgreich den Boden ausgeschlagen. Unterhauser startete durch: »Von mir gibt's nichts – keinen Pfennig bekommen Sie! Schauen Sie doch selber, wo Sie einen Dummen finden, der Ihre privaten Erkundigungen finanziert! Ich jedenfalls nicht!!« Sprach's, machte kehrt – und knallte vernehmlich die Bürotür hinter sich zu.

»Den haben wir los – Gott sei Dank!« Horst seufzte erleichtert auf und wandte sich der vorhin durch Unterhauser unterbrochenen Unterhaltung mit Protnik zu. Auch der sollte noch eins mitkriegen – wie das doch der Gesundheit gut tat – erstaunlich! Und so ließ er beiläufig fallen: »Am besten, du gehst nachher mal zu deinem Parteifreund und pflückst ihn wieder von der Decke!«

Beim Stichwort »Parteifreund« zuckte Protnik schmerzlich zusammen: »Ach komm, hör doch auf. Die Brüder gehen mir mittlerweile ganz schön auf die Nerven!«

Horst beugte sich vor: »Dann tu dir jetzt bloß einen Gefallen und bleib bei denen! Tritt ja nicht aus der Partei aus!«

Protnik war das Erstaunen selbst: »Das sagst ausgerechnet du, wo du die Kerle doch alle miteinander auf dem Kieker hast?«

»Eben!« zustimmend nickte Meyer. »Aber ich kenne die Herrschaften. Austreten ist für die schlimmer, als nicht eintreten oder zu den anderen zu gehören. Da fühlen die sich verraten – glaub mir. Ich hab das schon ein paar mal beobachtet: Wenn einer austritt, der kriegt hinterher kein Bein mehr auf die Erde. Die haben den Friedrich schikaniert damals: Gnadenlos! Aber natürlich andererseits so raffiniert, dass der nie was beweisen konnte, der ist immer und überall nur noch gegen Watte gelaufen! Also – bleib lieber drin und schau, dass du dich so rar wie nur irgend möglich machen kannst!«

Horst schlürfte seinen Pfefferminztee, den er sich zur Beruhigung seiner Magennerven vorher auf ihrem büroeigenen Wasserkocher gekocht hatte: »Und nun zu uns zwei beiden. Ich geb ja zu, ich hätte letzte Woche zurückrufen sollen!« Der warme Tee rann ihm wohltuend durch die Kehle, irgendwie würde er den Tag schon rumkriegen – Gott sei Dank!

Protnik pflichtete ihm bei – schon wesentlich sanfter, als noch vor einer halben Stunde: »Allerdings, schließlich waren wir auf hundertachtzig, als wir das von dem Anschlag gelesen haben!«

»Aber wenn du wüsstest, was da alles los war! Das heißt, was da eigentlich eben nicht los war! Das mit dem Anschlag, das war ja alles völliger Quatsch!«

»Das haben wir dann schließlich auch mitbekommen, nachdem keine andere Zeitung darauf eingestiegen ist. Total verrückt«, Protnik schüttelte den Kopf, »dass überhaupt noch irgendjemand dieses Revolverblatt liest, wo jeder weiß, dass die Hälfte darin verlogen und die andere Hälfte total auf den Kopf gestellt ist.«

Horst nickte und deutete mit dem Daumen auf die Wand hinter sich, auf deren anderen Seite ihr Vorgesetzter residierte: »Da – denk doch bloß an deinen Parteifreund! Der ist doch der treueste Leser von denen. Kunststück – das Abo zahlt ja auch ›seine‹ Staatskasse. Die Idioten sterben nicht aus, im Gegenteil: Jeden Morgen steht ein neuer auf!«

Protnik verzog wieder das Gesicht: »Komm, sei mir ruhig mit dem! Immerhin – es war seine Zeitung, die ich da gelesen habe! Das arme Schwein von Bote hat ganz schön was hören müssen, als Unterhauser sein Blättchen nicht auf dem Schreibtisch gefunden hat. Aber beide haben sie den Tag überlebt«, der Zeitungsklau schien sich keiner Schuld bewusst. Die »kriminelle Energie«, die in ihm schlummerte, wie das vor Gericht immer genannt wurde, schien erheblich zu sein.

»O.K. – also, und was hättest du mir nun so Wichtiges mitteilen können, wenn ich dich noch mal angerufen hätte? Hab ich übrigens tatsächlich, aber da warst du schon weg – ich hatte die eine Stunde Zeitverschiebung zwischen hier und Ägypten vergessen. Ich nehme also alles zurück, was ich behauptet habe!« Horst schielte aus dem Augenwinkel auf sein Gegenüber.

»Kann mir's schon denken: Der Sputnik, die faule Sau – na ja, das Übliche halt!« Protnik machte eine wegwerfende Handbewegung. »Aber die eine Anfrage, die du gestellt hast, die war tatsächlich positiv. Die, wie heißt sie noch mal ...«

Protnik begann, in seinen Akten zu blättern – ob er das absichtlich machte, um die Spannung zu erhöhen oder ob er den Namen tatsächlich vergessen hatte? Horst tippte eher auf das erste, denn normalerweise zeichnete sich Protnik durch ein hervorragendes Namensgedächtnis aus. »Theurer, Theurer Angelika«, half er dem Kollegen auf die Sprünge.

»Richtig, Angelika Theurer. Tja ...« vielsagend glotzte Protnik in Horsts Richtung.

»Nun komm schon. Machs nicht so spannend, du platzt sonst nur noch!« drängelte der jetzt, denn allmählich war er wirklich gespannt darauf, was denn nun kommen würde.

»Also die Theurer, Angelika, die hat vor vier Jahren einen Unfall gehabt, in den Bergen. Irgendwo in Osttirol war das. Sie ist da mit einem Begleiter, einem Studenten ...wie hieß der noch mal gleich?« Wieder begann Protnik mit aufreizender Langsamkeit die Akten auf seinem Schreibtisch zu durchforsten.

Horst ging das Getue allmählich an die Nerven: »Das ist doch egal jetzt, wie der heißt. Komm mach weiter – den Namen kannst du mir doch nachher noch sagen! Was war denn da also?«

»Richtig, da haben wir ihn«, Protniks tief in seinem Inneren verborgene russische Seele schützte ihn wie ein Panzer vor den hektischen Drängeleien des Kollegen. »Matthes, Joachim, Matthes mit zwei ›t‹ und einem ›h‹, genau!«

Horst Meyer war dem Wahnsinn nahe, schluckte aber die giftige Bemerkung, die er schon auf der Zunge gehabt hatte, wieder hinunter. Außerdem war Aufregung gar nichts für seinen geschundenen Magen.

»Matthes, Joachim, Student, 25 Jahre« buchstabierte das Phlegma von einem Polizisten ein weiteres Mal.

Die Theurer schien ganz offensichtlich einen Narren an jüngeren Studenten gefressen zu haben. Heute war sie – kombinierte Horst, 38 Jahre alt, dann war sie vor vier Jahren ja auch schon 34. Wieder ungefähr derselbe Altersunterschied wie jetzt.

»Also der ist damals mit der Angelika Theurer – oder sie mit ihm ...« bedeutungsvoll hob der Sputnik den Blick über seine Lesebrille und richtete ihn auf Horst. Der hätte ihn in der Luft zerreißen können, beherrschte sich aber ein weiteres Mal! »Also wer auch immer: Auf jeden Fall sind die beiden in Osttirol beim Bergwandern gewesen. Die müssen dort mit mittelprächtiger Ausrüstung und fast völlig ohne Kenntnisse in den Bergen eine Wahnsinnstour gemacht haben, völlig idiotisch, hat die österreichische Bergwacht hinterher erklärt! Und es ist dann gekommen, wie es kommen musste, der Freund ist abgestürzt, 15 Meter die Wand hinuntergesegelt und auf einer Felsplatte aufgeschlagen: Mausetot! Sie, also die Angelika Theurer«, *(wer denn sonst, Blödmann?!)* Protnik warf wieder einen seiner bedeutungsvollen Blicke auf sein Gegenüber, »sie ist da oben hängengeblieben, aber am Tag danach gefunden worden. Die hat einen Mordsdusel gehabt: Nach zwei Tagen hat man sie nämlich schon wieder aus dem Krankenhaus entlassen, da ist nichts zurückgeblieben! Na, nun bist du platt, was!«

Das war Horst in der Tat: »Aber das ist ja dasselbe in Grün! Genauso ist die Geschichte jetzt wieder verlaufen!«

»Wie denn? Ich hab dir nun meinen Teil erzählt, jetzt wäre es schön, wenn du mich endlich mal darüber aufklären könntest, weshalb ich die ganze Chose von vor vier Jahren noch mal hab aufwärmen müssen. Was war denn in Ägypten?« erwartungsvoll sah Protnik nun über die andere Seite des Schreibtischs auf seinen ihm gegenübersitzenden Kollegen.

Der wollte gerade zu einer Antwort anheben, als ihm wieder einmal ein stechender Schmerz durch die Gedärme fuhr: Es war also immer noch nicht vorbei! Nicht mal den Pfefferminztee schien er zu vertragen. Und er wusste, um eine Katastrophe peinlichen Ausmaßes zu verhindern half jetzt nur die sofortige Flucht in Richtung Toilette. »Einen Augenblick, ich komme gleich wieder, sofort ..«, sprach's und entschwand fluchtartig aus dem Büro, wobei er um ein Haar noch mit Sekretärin Uschi Abele zusammengerammt wäre, deren Uhr (wieder mal!) ganz offenbar eine Stunde nachging.

»Was hat der denn?« verwundert verfolgte sie den stürmischen Spurt des Chefs flurabwärts in Richtung Toiletten.

»Na was wird er wohl haben? Die Scheißerei natürlich!« Protnik klärte die Ahnungslose in seiner unnachahmlich direkten Art über die Hintergründe des merkwürdigen Verhaltens auf.

Missbilligend glotzte das Bebele zu Protnik hinüber – ob wegen seiner glasklaren Ausdrucksweise oder wegen des objektiven Tatbestands, darüber hätte man trefflich streiten können: »Ich hab's ihm ja schon vor dem Urlaub gesagt: Man fährt auch nicht so weit weg! Bleibe im Lande und ernähre dich redlich!«

Wo sie nur diesen Spruch wieder her hatte! »Na komm, Bebele. Nicht jeder macht gern Urlaub in Muggensturm oder in Walddorfhäslach!«

»Tu ich ja gar nicht, Sputnik!« *(Aha, der Fehdehandschuh für den heutigen Tag war also aufgenommen worden!).* »Aber um diese Jahreszeit so mir nichts, dir nichts einfach eine Woche in die Hitze abzudüsen und sich dann wundern, dass man krank ist, wenn man wiederkommt, typisch! Dort unten frisst man alles, was der Ali grade so in den Topf geschmissen hat und zu Hause, wenn man ausgehen will, erkundigt man sich erst mal beim Wirtschaftskontrolldienst, ob das Lokal, das man ausgesucht hat, auch hygienisch empfehlenswert ist«, spielte sie auf eine von Horsts Marotten an, sich erst mal vom WKD eine Art Unbedenklichkeitsbescheinigung geben zu lassen, bevor er ein ihm unbekanntes Restaurant besuchte. Noch missbilligender als vorhin – sofern das überhaupt noch möglich war – glotzte das Bebele durch ihre dicke Brille in Richtung Protnik und machte dann energisch auf dem Absatz kehrt, was ihr beinahe das Gleichgewicht genommen hätte und auf dem Linoleumfußboden einen dicken schwarzen Abdruck ihrer Schuhsohlen hinterließ.

»Aber das riecht ja nicht mehr, das stinkt ja schon beinahe!« Protnik war sich mittlerweile ganz sicher, dass sein Kollege Meyer da im Urlaub in Ägypten zufälligerweise an eine heiße Sache geraten war. Horst hatte ihm nach erfolgreich beendetem Toilettenbesuch *(meine Güte, das war aber höchste Eisenbahn gewesen!)* die Geschichte mit dem Tauchunfall von Angelika Theurer und ihrem vermissten studentischen Freund erzählt. Sein Magen schien sich jetzt wieder beruhigt zu haben, aber vorsichtshalber beschloss er, dem Frieden nicht zu trauen und sich auf absolute Nulldiät zu setzen, also auch nichts zu trinken, so sehr ihm Claudia eine ausreichende Flüssigkeitsaufnahme, die in diesem Fall besonders wichtig sei, angeraten hatte. Aber erstens war sie schließlich Kinderärztin und zweitens kannte er seinen Körper ja wohl am besten. Also, erst mal völliges Aushungern und Austrocknen der verdammten ägyptischen Bakterien und dann würde man weitersehen!

»Und was sollte das Ganze dann in Hurghada?« Horst war sich nicht sicher, was er von der ganzen Sache halten sollte. Aus reiner Kriminalistenroutine heraus hatte er die Personenanfrage neulich gestartet und nun schien sie sich aus irgendeinem Grund zu einem richtigen Fall auszuwachsen. Als ob sie nicht sonst schon genug zu tun hatten! »Immerhin müssen wir bedenken, dass die Theurer ja selbst in Lebensgefahr war, als sie so von 65 Metern Tiefe hochgeschossen ist. Ich hab sie ja schließlich als

Erster und mit eigenen Augen gesehen: Die hat nicht gespielt, die war tatsächlich fix und fertig. Übrigens«, er schaute auf die Datumsanzeige seiner Armbanduhr »heute müsste sie aus der Druckkammer in Hurghada wieder rauskommen. Ich glaub, ich ruf mal den Mike an – das ist der Tauchlehrer«, fügte er nach einem verständnislosen Blick von Protnik erklärend hinzu, »der könnte sich doch heute mal kundig machen, ob und wie lange sie dann noch im Krankenhaus bleiben muss und wann sie jetzt wieder nach Deutschland fliegt.«

Protnik nickte: »Das wird wohl das Beste sein! Ich freu mich ja schon auf das Gespräch mit unserem Oberbonzen, wenn der dich wegen der Telefonrechnung zur Rede stellt!« Damit spielte Protnik auf das zweite Hobby an, das sich der Kriminaloberrat außer der Lektüre von Boulevardblättern mit nackten Mädchen auf der Titelseite zugelegt hatte: Das emsige Studium von Telefonlisten und die nervenaufreibende Fragerei, wer weshalb eine bestimmte Telefonnummer gleich dreimal an vier verschiedenen Tagen angerufen habe und weshalb das eine Telefonat so lange gedauert habe, dass nun der Staatskasse mehr als zehn Mark in Rechnung gestellt worden wären. »Das wird herrlich, wenn der erfährt, dass du von hier aus mit Ägypten telefoniert hast!«

»Und das wird noch herrlicher, wenn ich mein Telefonat aus Ägypten jetzt doch in Rechnung stelle – jetzt ist die Geschichte nämlich endgültig dienstlich geworden – da kann der sich meinetwegen auf den Kopf stellen! « Horst war kampfbereit. » Also dann, hinein in die Arena und auf ihn mit Gebrüll! «

Während Protnik nun erst einmal in die Kantine schlurfte, um sich eine große Tasse Kaffee zu holen, hing Horst Meyer bereits am Telefon. Er hatte Glück: Die Verbindung mit Ägypten klappte und er konnte auch Mike an der Tauchbasis an die Strippe bekommen.

Wenig später legte er mit zufriedener Miene den Hörer wieder auf. » Es ist so, wie ich vermutet habe «, informierte er seinen erstaunlich schnell aus der Kantine wieder zurückgekehrten Kollegen. » Heute kommt sie aus der Druckkammer raus – Mike hat sich gerade vorhin danach erkundigt – und dann lassen sie sie noch zwei Tage zur Beobachtung im Krankenhaus. Vorher klappt's mit dem Rückflug sowieso nicht – vorher dürfte sie auch gar nicht fliegen nach der ganzen Deko-Geschichte – ja und dann hätten wir sie hier in Ulm. Was aber machen wir dann mit ihr? Wir können sie ja schlecht in Empfang nehmen und fragen, ob sie ihre beiden Begleiter ermordet hat! «

» Kaum «, pflichtete Protnik ihm bei, dessen Kaffee im übrigen verführerisch duftete. *Aber nein, er musste jetzt stark bleiben: Kein Kaffee, kein Tee, kein irgendwas!* » Also, noch mal von vorn. Was wissen wir jetzt von der ganzen Sache? « Protnik zückte einen Kugelschreiber, holte sich ein unbeschriebenes Blatt aus der Schreibtischschublade und begann in seiner wunderschönen Handschrift, um die ihn Horst Meyer regelmäßig bewunderte, die Namen der ihnen bislang bekannten Beteiligten an den beiden Unfällen aufzuschreiben. »Also, da wäre zunächst mal Theurer, Angelika, 34 Jahre alt ...«

»38«, warf Meyer ein und handelte sich mit diesem Zwischenruf einen missbilligenden Blick ein.

»Weiß ich ja – aber vor vier Jahren, da war sie 38 minus vier und das gibt nach Adam Riese und Eva Zwerg nun mal 34, oder!«

»Ist ja gut«, beschwichtigte Horst. »Mach weiter.«

»Theurer, Angelika, 34 Jahre alt, auch damals schon Ärztin an der Uniklinik hier in Ulm, Innere Medizin. Dann kommt jetzt«, dabei zog er einen vertikalen Strich über das Blatt »Matthes, Joachim, damals 25 Jahre alt. Student. Tödlich verunglückt beim Bergwandern in Österreich. Bodenloser Leichtsinn.« Sprach's – und setzte ein dickes Kreuz hinter den Namen des Studenten.

»So und nun der Tragödie zweiter Teil« wieder fuhr er mit dem Kugelschreiber von oben nach unten über das Papier. »Noch mal Theurer, Angelika, jetzt 38 Jahre alt, immer noch Ärztin an der Inneren Medizin hier in Ulm«, irgendwie bewunderte Horst Meyer manchmal die Pedanterie seines Kollegen, der den dritten vertikalen Strich zelebrierte. »Und dann schließlich noch Rambacher, Martin, 30 Jahre alt, auch Student, übrigens auch – das habe ich vorhin vergessen – Medizinstudent wie der andere, und auch er tödlich verunglückt bei einem Ausflug mit Angelika Theurer. Nur diesmal beim Tauchen und wieder Ursache: Bodenloser Leichtsinn.« Das zweite dicke Kreuz hinter einem Namen sprach Bände. »So und sag jetzt Horst, gibt es so merkwürdige Unfälle? Hat jemand, der einmal in Lebensgefahr war und dessen Begleiter dabei tödlich verunglückt ist, überhaupt noch Bock darauf, ein zweites Mal so einen Mist zu bauen? Also dazu gehört dann schon eine Menge Irrsinn!« Entschlossen starrte Protnik auf das Papier: Für ihn schien der Fall, beziehungsweise der Täter, sonnenklar zu sein.

»Ist ja alles richtig, Protnik!« Horst wusste immer noch nicht, wie er die Sache einzuschätzen hatte. »Aber mit wem haben wir es denn dann zu tun, mit einer mordlüsternen Ärztin, die es auf jüngere Medizinstudenten abgesehen hat und die sich beim Morden immer selbst in akute Lebensgefahr begibt? Eine besondere Form von Sado-Maso also? Ich weiß nicht, das ergibt doch eigentlich alles keinen Sinn! Wie gesagt, wenn ich's nicht mit eigenen Augen gesehen hätte: Die wäre tatsächlich fast abgekratzt, das war nicht gespielt und das kann so auch nicht geplant gewesen sein!«

»Wie auch immer – irgendwas stinkt da, darin sind wir uns doch einig, oder?« fragend blickte Protnik auf den zweifelnden Meyer. Der nickte zögernd. »Na also – und das bedeutet jetzt: Gehen wir wieder mal die Ochsentour!«

Horst stöhnte: »Auch das noch – aber du hast recht. Also, wer macht was?« Die Ochsentour bedeutete stunden-, tage- oft sogar wochenlange Puzzlearbeit: Befragung von Kollegen, von Familienangehörigen, von Zeugen, Aktenstudium, Telefonate, Ordner wälzen – und das alles mit völlig ungewissem Ausgang. Gab es eine Nadel im Heuhaufen und wenn ja, wie tief steckte sie drin? Außerdem, wenn das in Ägypten tatsächlich wider Erwarten Mord gewesen sein sollte, wer war dafür eigentlich zuständig. Konnte ein solcher Mord im Ausland überhaupt von den deutschen Behörden verfolgt werden. Horst beschloss, sich auch darüber kundig zu machen …

Kapitel XVIII

Horst hatte beim Losen das bessere, sprich das längere, Ende des Streichholzes erwischt. Und das bedeutete, er hatte die interne Ausscheidung mit Protnik gewonnen und konnte in der kommenden Woche nach Österreich fahren. Die beiden hatten beschlossen, erst einmal den vier Jahre alten Unglücksfall von damals genau unter die Lupe zu nehmen und parallel dazu mit den Angehörigen des Verunglückten zu sprechen, ehe sie die Pferde scheu machten, und im direkten Umfeld der Ärztin ihre Ermittlungen an der Klinik vornehmen wollten. Vielleicht war ja schließlich tatsächlich alles nur eine tragische Verkettung von Unglücksfällen gewesen und dann hätte der Armen die offizielle Ermittlung der Ulmer Mordkommission endgültig den Rest gegeben. Und das konnte ja schließlich im Ernst niemand wollen!

»Mal wieder typisch, der Herr Kriminalkommissar gehen auf Reisen ins Ausland, während der Mann aus Russland wie immer für's Grobe zuständig ist!« hatte der Sputnik leicht angesäuert gemault, als er das Resultat seines Lospechs, das zu kurze Streichholz, in Händen hielt. Verständlich war seine Reaktion ja schon, denn in einem vier Jahre alten Todesfall herumzustochern und mit Angehörigen zu sprechen, deren Wunden wohl gerade eben vernarbt waren und die jetzt neu aufgerissen wurden, das war nun wirklich nicht jedermanns Sache. Aber Los war nun mal Los, so ging's halt zu auf der Welt, Ende der Diskussion: Protnik ergab sich leidend in sein Schicksal.

Horst hatte gerade eben von Uschi Abele seinen Reiseantrag nach Österreich fertig machen lassen, bei »Reisedauer« hatte er mal großzügig vier Tage eingetragen (man konnte ja nie wissen), die Sekretärin dann angewiesen, den Reiseantrag am besten gleich von Unterhauser genehmigen zu lassen und war momentan dabei, nochmals die Nummer des Kollegen von der Gendarmerie in Matrei/Osttirol zu wählen, um zu bestätigen, dass er sich am nächsten Montagnachmittag bei ihm einfinden würde, da wurde die Tür des Büros aufgerissen und herein stürmte ein ganz offensichtlich zornentbrannter Oberrat, der wild mit dem vorhin erst ausgefüllten Reiseantrag vor Meyers Gesicht herumfuchtelte.

»Also das ist ja das Hinterletzte, das ich bisher erlebt habe!« Horst legte vorsichtshalber den Telefonhörer wieder auf: Das folgende Gespräch, fürchtete er, konnte länger dauern. Fragend sah er zu Unterhauser auf. Und der fuhr in vollstem Tempo fort: »Da nimmt sich der Herr anderthalb Wochen Urlaub ...«

»Wenn Sie damit mich meinen, ich habe anderthalb Wochen Überstunden abgebaut«, unterbrach ihn Horst kühl, der genau darüber im Bilde war, was jetzt gleich noch alles kommen würde. »Zwei weitere Wochen stehen mir übrigens noch zu.«

»... anderthalb Wochen Urlaub«, beharrte Unterhauser, »dann sind wir nach dem Urlaub erst mal einen Tag krank und jetzt, noch keine fünf Stunden wieder im Dienst, da will man dann schon wieder ins Ausland verreisen! Wie stellen Sie sich denn das vor?«

»Ich habe mir gedacht, ich nehme meinen Privatwagen – an Dienstwagen sind wir ja eh knapp momentan und mit dem Zug ist es dorthin ja leider eine Weltreise«, stellte sich Horst absichtlich ahnungslos.

»Privatwagen – auch das noch!« Unterhauser blieb die Spucke weg. »Wissen Sie, wie viel Kilometer das sind?!«

»Ich schätze mal so runde dreihundert – eine Strecke!« Horst goss gerne noch mehr Öl ins Feuer.

»Und das noch mal soviel zurück – bei 52 Pfennig pro Kilometer! Sind Sie denn noch zu retten?«

Jetzt war es aber an der Zeit, die Geschichte wieder ins richtige Gleis zu bringen: »So, Herr Unterhauser! Jetzt haben Sie ja genug Gelegenheit gehabt, sich auszulassen. Jetzt hören Sie mir mal zu!«

Horst erhob sich aus taktischen Gründen hinter dem Schreibtisch, obwohl er just in diesem Moment wieder einen Stich aus der Gegend seines Magens verspürte, aber schließlich war er zehn Zentimeter größer als die Kriminalkanaille und es war bei einer Auseinandersetzung immer von Vorteil, auf den Gegner herunterschauen zu können. Alter Psychologenkniff – und dazu noch ein wirksamer! »Seit Monaten fordere ich einen Ersatz für den alten Dienstwagen, aber mehr, als mir vorzujammern, was das denn wieder koste, haben Sie bisher nicht zustande gebracht! Also fahre ich, solange das nicht anders geht, genau wie der Kollege Protnik im Übrigen, privat.«, mit dem rechten Arm deutete er dabei auf den sprachlos der Auseinandersetzung lauschenden Protnik.

»Ich würde ja zu Fuß laufen, wenn's nicht so weit wäre oder im Internet surfen, wenn Sie uns endlich den neuen Computer genehmigen würden, aber so geht's nun wirklich nicht!«

Erfolgreich hatte er den nächsten Giftpfeil abgeschossen, denn angesichts ihrer hoffnungslos veralteten Computerausstattung (einen 286er aus dem Jahr 1989 hatten sie im Büro stehen) würde sich jeder Ganove krank lachen. Die nämlich hatten das Feinste vom Feinsten, wie sollte da die gute alte Polizei bloß jemals hinterherhinken, wenn solche Bremsklötze wie der Unterhauser am Ruder waren, die einen Joystick nicht von einem Deoroller unterscheiden konnten.

Horst schob nach: »Sie können mir die Genehmigung für die Dienstreise natürlich verweigern – bitte schön. Im Übrigen möchte ich nur darauf hinweisen, dass der November gemeinhin nicht unbedingt als der ideale Monat für Reisen in die Berge gilt – aber das nur nebenbei. Wie gesagt, verweigern sie mir ruhig Ihre Unterschrift, das steht in Ihrem Ermessen. Vielleicht wäre es auch wirklich das Einfachste, dann könnten wir den Sachverhalt nämlich vom Staatsanwalt klären lassen – von mir aus: Bitte schön!«

Horst wusste genau, dass Unterhauser nichts so sehr hasste, wie die Einmischung des Staatsanwalts in seinem Arbeitsumfeld und deshalb hatte er die Knute mit der Drohung, den Staatsanwalt einzuschalten, ganz bewusst geschwungen. Denn der hatte auf jeden Fall die Möglichkeit, sich gegen Unterhauser durchzusetzen und nichts fürchtete dieser so sehr, als die Blamage einer öffentlichen Niederlage vor seinen Untergebenen. Natürlich war es auch möglich, dass der Staatsanwalt die Notwendigkeit einer Reise nach Österreich genauso wenig einsah, wie Unterhauser, aber der Feigling von Kriminaloberrat würde es darauf, so zumindest spekulierte Meyer, gar nicht erst ankommen lassen.

Spiel, Satz und Sieg für Kriminalkommissar Horst Meyer, Meyer mit »ey« wie Ei. Wütend machte der klassisch ausgebremste Kontrahent auf dem Absatz kehrt und stürmte samt dem Reiseantrag aus dem Zimmer: »Wir sprechen uns noch, Meyer! Verlassen Sie sich darauf!«

Zum zweitenmal an diesem Tag registrierte Protnik einen schwarzen Fleck auf dem Linoleumfußboden in ihrem Büro. Was wohl der Reinigungsservice von ihnen denken musste, ob sie wohl im Büro Samba tanzten, oder was?

Horst hatte gewonnen, aber bevor er seinen Triumph richtig genießen konnte, meldete sich der Magen ein zweites Mal. Augenblicklich legte er die Akten beiseite und stürmte, begleitet von den verwunderten Blicken der Sekretärin Uschi Abele, wie die Feuerwehr in den Flur, dem rettenden Ufer bzw. der Schüssel entgegen.

Kapitel XIX

Die letzten drei Tage vor seiner Abreise nach Österreich war es Horst ganz allmählich wieder besser gegangen. »Mühsam ernährt sich das Eichhörnchen!« hatte ihm Claudia die nötige Geduld abgefordert. »Solche Magen-Darm-Infektionen sind eine langwierige Angelegenheit, vor allem dann, wenn solche exotischen Bakterien daran beteiligt sind, wie ganz eindeutig in deinem Fall!«. Horst wäre dem ägyptischen Koch, der den Hamburger verbrochen hatte, immer noch am liebsten an die Gurgel gegangen, aber der trieb sein Unwesen weit weg von Ulm in völliger Sicherheit und hatte in der Zwischenzeit mit seiner Kochkunst höchstwahrscheinlich schon ganze Legionen von Touristen flachgelegt.

Ein paar Tage in den nebelverhangenen Bergen von Osttirol wären da genau die richtige Therapie, hatte Claudia mit gerunzelter Stirn angemerkt, als sie Kenntnis von den Reiseplänen ihres Gatten erhalten hatte. »Und dann Kässpätzle mit gerösteten Zwiebeln, Brettljause mit viel Speck und Schwarzwurst, hinterher womöglich noch Germknödel mit Buttersoße!«

Horst war das Wasser im Mund zusammengelaufen – also schien es doch wieder langsam mit ihm aufwärts zu gehen. Vor drei, vier Tagen hätte man nur das Stichwort fallen lassen müssen und er wäre gerannt ...

»Also pass auf. Ich kenn dich ja«, war Claudia in ihren ärztlichen Warnungen fortgefahren. »Wenn du das alles tatsächlich in dich hineinstopfst, dann geht die ganze

Geschichte von vorne los, und dann haut's dich aber wirklich vier ganze Wochen auf die Nase!«

Schon um Unterhauser eins auszuwischen, sollte man das eigentlich durchfechten und sich vier Wochen flachlegen, war es Horst durch den Kopf geschossen, doch brav nickte er Claudia zu und versprach, sich äußerste Disziplin beim Essen und Trinken aufzuerlegen.

Auf der Autobahn München-Salzburg war er mittlerweile am Irschenberg vorbeigekommen. Eigentlich machten sie da immer Rast, wenn sie mit der Familie auf der Fahrt in den Süden waren, denn dieses Rasthaus war eines der wenigen an den deutschen Autobahnen, die wirklich gute Qualität zu einem vernünftigen Preis anboten. Auch die trostlose Selbstbedienungsthekenlandschaft der meisten anderen Raststätten, mit ihrem unnachahmlichen Charme eines Gerichtsmedizinischen Instituts war hier nicht zu finden, sondern (ja, so etwas gab es noch!) professionelle, nette Bedienungen, die nicht so wirkten, als seien sie nach dem Zusammenbruch des Ostblocks aus einem der trostlosen Warenhäuser dort direkt an die bundesdeutschen Autobahnverpflegungsbetriebe weitergereicht worden. Nein, hier war es besser, hier hatten sie wirklich immer gern eine Pause eingelegt, um hinterher dafür dann so weit wie möglich durchzustarten. Aber heute musste er weiter, je früher ankommen, desto besser, womöglich fing es am Nachmittag noch zu schneien an. Und im Tiefschnee über die Tauernstraße, nein, das musste nun wirklich nicht sein!

Nun teilte sich die Autobahn – in die eine Strecke nach Salzburg und die andere, weiter Richtung Innsbruck/Brenner. Die musste er nehmen: Gott sei Dank war nicht allzu viel Verkehr heute. An die Tatsache, dass die rechte Spur den Lastwagen zu gehören schien, hatte man sich als bundesrepublikanischer Autofahrer des zu Ende gehenden 20. Jahrhunderts ja inzwischen gewöhnt und nahm die fast völlige Belegung dieser Spur durch die Brummis schon gar nicht mehr als außergewöhnlich wahr. Mist! Vor lauter Gedanken über den Autoverkehr und den Straßenzustand war er jetzt doch tatsächlich an der Stelle vorbeigeschossen, an der es seit diesem Jahr 1997 die neueste Erfindung österreichischer Finanzbehörden zu kaufen gab, um die Autofahrer zu schröpfen: Das legendäre »Pickerl«, das jeder, nicht ohne vorher mehr oder minder kräftig geblecht zu haben, auf die Scheibe zu kleben hatte, der die Autobahnen der Alpenrepublik zu benutzen gedachte.

Zu Beginn der Pickerleinführung hatten sich vor und hinter den Grenzübergängen ja kabarettreife Szenen abgespielt, die von den Meyers via Zeitung und Radio genüsslich registriert worden waren. Als erfahrene Österreich- Skitouristen, die sich schon mehr als einmal über die gnadenlose Abkassierungsmentalität in den Wintersportorten geärgert hatten, genossen sie es regelrecht, zu erfahren, dass das Management bei Einführung des Pickerls offenbar gnadenlos versagt hatte und nach stellenweise chaotischem Durcheinander viele Touristen in den ersten Wochen nach wie vor kostenlos durch Österreich hindurch gebrettert waren. Dass die vollkommen verunsicherte Gendarmerie zwischendurch auch noch ein paar Reisende in Beugehaft genommen hatte, weil die beim besten Willen kein Pickerl hatten aufkleben können (schließlich hatte es an den Verkaufsstellen keines mehr gegeben) war sozusagen das Tüpfelchen auf dem »i« gewesen, das dem Image des Fremdenverkehrslandes Österreich sicherlich nicht unbedingt wertvolle Dienste geleistet hatte.

Also – auch gut, jetzt war er eben durch, ohne Pickerl. Die österreichischen Kollegen würden außerhalb der Reisezeit sicher nicht so aufmerksam kontrollieren, wie während der Hochsaison und wenn doch, schließlich war er ja Kollege, überdies dienstlich unterwegs zu einem österreichischen Gendarmerieposten. An der Grenze war keine Menschenseele zu erblicken, also passierte er langsam den Übergang, um danach wieder Gas zu geben. Ja, das Schengener Abkommen, das demnächst die Grenzen zu Österreich auch generell öffnen würde, war schon ein Segen. Da konnten die Jungs von der scharfen Truppe, die es in jeder Polizeidienststelle gab, also auch bei ihnen, jammern, soviel sie wollten: Vom Verbrechen ohne Grenzen und anderem Blödsinn mehr. In Wirklichkeit hatte das Verbrechen doch schon vor Jahren die Grenzen überschritten, mit modernsten Kommunikationsmitteln, mit fast schon weltumspannenden Netzen und mit einer Polizei, die ausrüstungsmäßig noch immer auf dem Stand von vorgestern war. Das waren doch die wahren Probleme … Mist, was sollte denn das?! Unversehens sah sich

Horst aus seinen kriminaltaktischen Gedankengängen gerissen: Ein weißer Wagen war unmittelbar vor ihm auf seine Spur geschwenkt – der Depp hatte ihn so tatsächlich zu einem Bremsmanöver genötigt. Als Horst ärgerlich das erste Mal die Lichthupe betätigt hatte, da begann ihm allmählich ein Licht über die Besatzung des Wagens vor ihm aufzugehen: Da waren sie, die österreichischen Kollegen und tatsächlich – jetzt kurbelte der Beifahrer die Scheibe herunter und winkte mit einem roten Leuchtstab nach rechts in Richtung auf den Parkplatz, der da vorne auftauchte.

Auf dem Parkplatz hielt Horst hinter dem Polizeiwagen an und suchte in der Jackentasche vorsorglich schon mal nach seinem Reisepass, den er bei Auslandsreisen, einer alten Gewohnheit folgend, routinemäßig immer zusätzlich zum Personalausweis noch einsteckte, als einer der beiden Polizisten sich näherte und mit dem Zeigefinger der rechten Hand auf die Tür von Horsts Wagen deutete. Pflichtbewusst kurbelte der die Scheibe herunter: »Grüß Gott die Herren!«

Doch anstatt den Gruß zu erwidern, herrschte ihn der andere der beiden, der sich inzwischen ebenfalls genähert hatte, nur knapp und unfreundlich an: »Aussteigen! Aber hopp-hopp!«

»Schon gut – ich komm ja« Horst versuchte, den in ihm aufkeimenden Ärger herunterzuschlucken und die Situation nicht unnötig zu verschärfen, öffnete die Wagentür und stellte sich neben die beiden Polizisten.

»So – wen haben wir denn da? Ausweis, bitte!« forderte der von grade eben die Papiere.

Langsam und bedächtig blätterte er in Horsts Reisepass, sah sich interessiert die keine Woche alten Visumvermerke aus Ägypten an (man konnte richtig sehen, wie der Neid in ihm hochstieg oder bildete Horst sich das nur ein?) und glotzte dann eine Zeitlang regungslos auf das eingeschweißte Foto, das zugegebenermaßen nicht mehr grade das aktuellste war: »Aha!« *(Na, das hört sich ja grade so an, als hätten sie jetzt zufällig einen langgesuchten Serienkiller geschnappt!).*

»Und was is mit dem Führerschein? Hamma in Deitschland bei Gendarmeriekontrollen noch nie einen Führerschein vorzeigen müssen? Hä?« schnauzte nun auch der andere munter darauf los.

»Doch, doch, natürlich. Entschuldigung!« Horst kämpfte den Ärger ein weiteres Mal herunter und kramte in seinem Geldbeutel nach dem Führerschein.

»Gemma, gemma! A bißerl dalli-dalli, der Herr!« Die beiden schienen von der schnellen Truppe zu sein – oder zumindest von der ungeduldigen.

Horst fingerte den zusammengeklappten Führerschein aus dem Geldbeutel. Zugegeben, etwas ramponiert sah er schon aus, aber was sollte man von dem Teil auch anderes erwarten? Schließlich hatte er den »Pappendeckel« mit 18 erworben und seitdem steckte er in den alle drei, vier Jahre erneuerten Geldbörsen: Also, immerhin mittlerweile satte 22 Jahre! Natürlich war das Foto, das den stolzen Führerscheininhaber zeigte, im Gegensatz zu dem auch schon recht antiquierten im Reisepass geradezu antik und zeigte Horst noch ganz und gar im Glanze der Jugend, doch bisher bei den zwei, drei Verkehrskontrollen, in die er in Deutschland geraten war, hatte das noch keiner der Kollegen je moniert. Ohne das geringste Schuldbewusstsein streckte Horst seinen nunmehr aufgeklappten Führerschein einem der Beamten entgegen. Aber in Österreich war anscheinend alles anders, ganz anders!

»Ja seids ihrs denn allesamt deppert, ihr Deitschen! Ihr meints wohl, ihr könnts uns alle verarschen, was!« polterte der los, kaum dass er einen Blick auf das Bild geworfen hatte.

»Aber in Deutschland hat's bei Kontrollen immer ausgereicht«, versuchte Horst einen zaghaften Rettungsversuch.

»In Deitschland, in Deitschland! Jetzt bist aber in Österreich, Bürscherl! Und in Österreich sag i, dös geht so net! Ja und was is jetzt mit dem Pickerl – wieso hasts es net aufgeklebt?«

Horst startete – ganz gegen sein sonstiges Naturell – einen weiteren Versuch, die Situation zu retten und die Atmosphäre ein bisschen entspannter zu gestalten: »Na das Pickerl, das klebt doch so fest an der Scheibe, dass mans gar nimmer wegbekommt. Und die Schaber, die man jetzt beim Kaufen dazubekommt, davor hat bei uns der ADAC gewarnt, dass die einem nur die Scheibe zerkratzen würden!« Er hatte die letzten Worte noch nicht ganz ausgesprochen, da sah er, dass er mit diesem Einwurf an die Rechten geraten war! Der Versuch der atmosphärischen Entspannung endete in einem Desaster.

»Ja – des glaubst doch net! Ja samma deppert oder was?! Nach Österreich fahren, den Staat um die Autobahngebühr bescheißen und einen dann noch provozieren wollen – dös is zuviel«, stimmte auch der zweite in die Tirade gegen den erwischten Pickerl-Sünder ein.

»Also, Freinderl, jetzt wern ma sehen, wer am End noch lacht! Dös macht eine Strafe von 4000 Schilling fürs Pickerl, und …« abschätzend musterte der Fahrer des Polizeifahrzeugs Horst von oben bis unten, »… und 2000 Schilling wegen Beamtenbeleidigung! Zahlbar jetzt sofort! Komm, Toni, schreib eine Quittung aus«, wandte er sich an seinen Kollegen. »Das heißt, halt mal, dann brauchts ja auch noch ein Pickerl, bringst eins mit, Toni, und dös kost dann noch mal 550 Schilling – andere hamm ma net dabei. Also …« der Rechenakrobat schien kurz zu überlegen, »dös macht dann zsamma 6000 … 6550 Schilling cash, bar auf die Hand, alles roger? Ja?«

Horst fehlten kurzzeitig die Worte: 6550 Schilling, das waren ja (er überlegte kurz, wie war der Wechselkurs? Durch sieben teilen!), das waren ja fast 1 000 Mark! 1 000 Mark, die Kerle hatten sie ja nicht mehr alle! Aber nun war's höchste Zeit, die Diplomatie zu Grabe zu tragen: »Ihr habt ja nicht mehr alle Tassen im Schrank, Freunde! Gut, ich geb ja zu, dass ich das Pickerl vergessen habe!« Beim Stichwort »vergessen« blickten sich die beiden einander nur vielsagend an. »Aber jetzt zu kommen und mir runde tausend Mark abknöpfen zu wollen und das auch noch in bar, das ist doch jenseits von Gut und Böse! Das ist alles, was ich dabei habe, dann kann ich ja gleich wieder umdrehen! Im übrigen«, und jetzt zog er seinen letzten Trumpf aus dem Ärmel, »im übrigen bin ich Kollege. Ich bin bei der Ulmer Kripo angestellt und momentan dienstlich hier in Österreich unterwegs!«

»So so, Kollege!« äffte der vorhin Toni genannte Gendarmeriebeamte Horsts Stimme nach. »Und dann auch noch ein Kieberer, da schau an! Typisch, typisch: Immer dann, wenn's bei uns erwischt werden, dann sans plötzlich Kollegen und dienstlich bei uns unterwegs! Was sagst denn dazu, Jörgl?«

Jörgl schüttelte den Kopf: »Dös hälst im Kopf net aus! Ein Kollege plötzlich – und vorher noch will er uns auf den Arm nehmen. Na – dös tun bei uns net mal die Kieberer! Na, na, die Deitschen! Was würdets denn mit mir machen, wenn ich bei euch ohne Pickerl auftauchen würd' und dann sagen würd, ihr sollts es net so genau nehmen, ich sei ja dienstlich unterwegs, hä?«

Auch die letzte Sicherung war nun durchgeschmort: »Bei uns gibt's so einen Pickerl-Blödsinn gar nicht. So einfach ist das! So was können ja nur die Österreicher erfinden! Da seid ihr absolute Spezialisten, den anderen das Geld aus der Tasche zu ziehen, ja, das könnt ihr. Aber sonst plötzlich Europäer sein wollen und Subventionen kassieren. Also – nur dass das klar ist, ich zahl das Pickerl und sonst gar nichts – basta!« Klar war Horst schon mitten in seiner Rede geworden, dass er nun auch das kleinste Band, das zwischen den »Kollegen« vielleicht noch hätte existieren können, endgültig zerschnitten hatte.

Die Mienen der beiden sprachen Bände. Da half jetzt nur noch eins: Ein entschiedenes Auftreten. »Also – was sollte das Pickerl kosten«, Horst zählte in seinem Geldbeutel die Hundert-Schilling-Scheine ab. »Sechshundert Schilling warens, glaub ich. Bitte schön!« Doch dieser großzügige letzte Versuch, sich aus der Affäre herauszuwinden, scheiterte gnadenlos.

»Nix da, Freinderl«, begann der Jörgl gar nicht freundlich. »Entweder zahlst alles, oder nix. Wennst aber nicht alles zahlst, dann kommst mit! Pass aber auf, ein falsches Wort noch und dann hamma auch noch Widerstand gegen die Staatsgewalt, dass dös klar is!«

»Aber das gibt's doch nicht! So stur kann doch kein Bulle sein!« Das Wort war heraus und Horst konnte es nicht mehr rückgängig machen. Jetzt hatte er vollends verspielt! »Jetzt laßt mich das Pickerl bezahlen und Schwamm drüber, Schluss, Aus, Ende!« verlegte er sich nun auf die sanfte Tour.

Aber der »Bulle« hatte das Fass zum Überlaufen gebracht. »Nix is mit Schluss, Aus, Ende! Mitkimma tuast jetzt aufs Gendarmeriekommando nach Kufstein! Fertig!« Der Toni machte eine eindeutige Handbewegung: »Her jetzt mit dem Autoschlüssel. Du kimmst mit mir und du Jörgl, du fährst dem seinen Karren! Ende der Diskussion!« Angesichts der Miene, die beide daraufhin zur Schau stellten, schien es Horst das Vernünftigste zu sein, sich in sein Schicksal zu fügen. Wortlos übergab er dem

Jörgl seinen Schlüsselbund und stieg zu dessen Kollegen in das Polizeiauto. »Hinten rein!«, fuhr ihn der Toni an, kaum dass er im Wagen Platz nehmen wollte. »Vorn da sitzen nur die Kollegen. Die Verbrecher müassen nach hinten – hast mi?« Widerrede war völlig zwecklos: Mit einem resignierten Seufzer ließ sich Horst auf den Rücksitz fallen … Nie wieder Österreich!!

Kapitel XX

Inzwischen hatte Protnik seine undankbare Aufgabe wahrgenommen und Kontakt mit der Familie des vor vier Jahren tödlich verunglückten Medizinstudenten Joachim Matthes aufgenommen. Es war genauso gewesen, wie er befürchtet hatte: Als er schließlich dem Vater des Verunglückten am Telefon sagen musste, weshalb er ihn demnächst aufsuchen wollte, hatte am anderen Ende der Leitung mit einem Mal eisiges Schweigen geherrscht. Es war förmlich zu spüren gewesen, wie sehr den Vater die unerwartete neuerliche Konfrontation mit dem Tod seines Sohnes getroffen hatte. Die Narben waren, wie vermutet, noch nicht verheilt und nun wurden sie wieder von neuem aufgerissen!!

Doch, es musste wirklich sein, er musste schon persönlich vorbeikommen, hatte Protnik dem Mann am Telefon dann geantwortet. Ja, er wisse, dass das für die Familie, insbesondere auch für die Mutter, eine schwere Zumutung sei, noch mal über das Ganze reden zu müssen. Nein, dass es sich bei Joachim um das einzige Kind der Familie Matthes gehandelt habe, das sei ihm bisher nicht klar gewesen. Auch das noch! Protnik beneidete seinen Kollegen Horst, der sich's in Österreich gut gehen ließ, während er hier in Ulm in alten Wunden herumstochern musste.

Am Nachmittag war er dann nach Berghülen hinausgefahren, einem kleinen Nest auf der Hochfläche der Schwäbischen Alb, oberhalb von Blaubeuren, ungefähr eine halbe Autostunde von Ulm entfernt. Hier wohnten die Eltern von Joachim Matthes in einem kleinen, hübsch renovierten Bauernhaus. Die Alb, Michael Protnik dachte es immer wieder, wenn er hier draußen zu tun hatte, die Alb, so rau sie auch vom Klima her war (aber war das Nebelloch Ulm denn etwa mehr vom Wetter begünstigt?), sie hatte schon ihre Reize: Die Weite der Landschaft, die bis zum Horizont reichenden, kleinparzellierten Äcker, unterbrochen von Heckenreihen, durchzogen von blendendweißen Feldwegen aus Kalkschotter. Die gerade im Herbst (selbst im November noch) wunderschönen, ausgedehnten Buchenwälder und die vereinzelt das Landschaftsbild bestimmenden mächtigen Hainbuchen, unter deren Schutz oft ein Wegkreuz, eine kleine Kapelle oder ein Unterstand zu finden waren. Und auch die Dörfer hatten sich in den letzten Jahren ganz schön gemacht: Viele Häuser in den Ortskernen, denen noch in den 70er Jahren die Spitzhacke gedroht hatte, waren in der Zwischenzeit liebevoll wiederhergerichtet worden, oft sogar hatte man mit Farbleitplänen die Häuser mit ihren ziegelroten Dächern in den alten Farbtönen der Alb wie Ocker, einem blassen Lila bis Rosa, oder kalkweiß, aufeinander abgestimmt, hatte die alten, zugeschütteten Wasserlöcher, die sie hier Hülen nannten, wieder aufgegraben und abgedichtet: Eine wahre Idylle, am Rand des kleinen Teichs auf einer Bank zu sitzen und die Enten und Gänse auf dem Wasser zu beobachten. Michael Protnik hätte stundenlang an solch einem Ort sitzen können. Seufzend schloss er die Autotür und ging die paar Schritte durch den Garten zur Haustür der Familie Matthes. Entschlossen drückte er auf den Klingelknopf: Hoffentlich hatte er diesen Nachmittag bald hinter sich gebracht!

Das Gespräch war genauso verlaufen, wie Protnik das befürchtet hatte: Es war nicht ohne bittere Tränen der beiden Eltern vorübergegangen. Der Vater, seit zwei Jahren Rentner, und die Mutter, deren alleiniger Stolz ihr Sohn gewesen war: Der Erste in der ganzen Familie, der das Abitur gemacht hatte, der Erste, der sogar studieren konnte, ein guter Arzt wäre aus ihm geworden!

Wäre, hätte, könnte ... alles war anders gekommen und nun saßen die beiden allein in ihrem Haus, hatten ihren Lebensmittelpunkt verloren. Auf die Karriere ihres Sohnes hatten sie sich gefreut, auf Enkelkinder, auf all das, wofür man ein Leben lang gearbeitet und gespart hatte! Und dann mit einem mal Aus! Nein, auch der Pfarrer hatte da nicht helfen können, die Sprüche vom »unerforschlichen Ratschluss«, vom »Wiedersehen an einer anderen Stelle zu einer anderen Zeit« und so weiter und so fort, sie hatten sie nicht trösten können. Man sah es den beiden an: Sie wirkten wie Leute weit in den Siebzigern, dabei waren sie gut und gerne zehn Jahre jünger.

Deprimiert hatte sich Protnik nach einer Stunde wieder verabschiedet und tief in Gedanken versunken war er zurück nach Ulm gefahren, hatte jetzt nicht einmal mehr Augen für die Schönheit der Alb. Schicksal, Los, Bestimmung – manchmal konnte das Leben wirklich brutal sein!

Aber so schlimm und belastend das Gespräch auch gewesen war, er hatte die alten Leute nicht umsonst behelligt. Dessen war er sich hundertprozentig sicher. Und auch, wenn es natürlich die direkten Umstände des Unglücks nicht erhellt hatte: Horst würde dennoch staunen, wenn er ihn bei seiner Rückkehr über das Verhältnis aufklärte, das zwischen Joachim Matthes und Angelika Theurer bestanden hatte.

Kapitel XXI

Vier Stunden hatte der nicht ganz freiwillige Aufenthalt im schönen Kufstein gedauert, bevor das dortige Gendarmeriekommando den deutschen Kollegen Horst Meyer wieder hatte »springen lassen«. Die Österreicher hatten sich als äußerst ungnädig erwiesen, weiß der Himmel, welchen Zorn die momentan ganz offensichtlich auf die Deutschen im Allgemeinen und die »Kieberer« also die Polizisten in Zivil, im Besonderen, gerade schoben. Es hatte einiger Anrufe bedurft, bis die Sache schließlich geregelt war, die ganze Litanei hatte er nach zweistündiger Wartezeit im Vorzimmer des »Oberbullen« (immerhin war man so gnädig gewesen, ihn nicht in der normalen Wachstube warten zu lassen, als man auf der Wache erkannt hatte, welchen Fang da der Toni und der Jörgl mit sich schleppten) noch mal runterbeten müssen, dass er Kollege aus Deutschland sei, nein, nicht im Urlaub sondern auf dienstlicher Recherche in Österreich, ja er sei ein »Kieberer«, hier bitte, seine Dienstmarke.

Nach Osttirol wolle er fahren, wohin dort? Nein, nicht bis nach Lienz, nur bis nach Matrei! Um was es ginge? Um die Recherche in einem tödlichen Bergunfall vor vier Jahren! Ja, dafür würden in Deutschland auch schon mal die Kieberer eingesetzt. Nein, die uniformierten Kollegen halte man deshalb nicht für deppert, bloß: Es könnte sich damals um einen raffiniert getarnten Mord gehandelt haben? Nein, das solle nicht heißen, dass die österreichische Gendarmerie zu blöd gewesen sei, das selber rauszukriegen! Das habe damals niemand ahnen können und überhaupt – er halte viel von seinen österreichischen Kollegen.

Auf diese Bemerkung hin hatte ihm der ellenlange, hagere »Oberbulle« einen argwöhnisch-skeptischen Blick über seine Lesebrille hinweg zugeworfen (wieso bloß mochte Horst die Typen mit diesen gespaltenen Brillen mit ihrem dadurch so merkwürdig forschend-devoten Blick um's Verrecken nicht leiden?), sich dann mit verschränkten Armen im Sessel zurückgelehnt und gemeint: »Gut, dann wollen wir der Sache mal auf den Grund gehen!«

Was um alles in der Welt sollte denn das nun wieder heißen?!

Horst erfuhr es augenblicklich:

»Also – wie hams gsagt, heißt der Kollege in Matrei?«

»Gamsbichler – Josef Gamsbichler«, beeilte sich Horst mit seiner Aussage.

»So so, der Pepi! Der Gamsbichler Pepi also war zu deppert, um einem Mord auf die Spur zu kommen! Und jetzt muss er sich nach vier Jahren helfen lassen von de Deitschen! Tz, tz, tz! So ein erfahrener Kollege und dann sieht der nicht richtig hin! Aber wirklich! So eine Blamage, gell!« Missbilligend (oder war es doch nur Spott) schüttelte der Oberbulle das Haupt mit den hohlen Wangen.

»Nein, nein! Ich hab ja schon gesagt, der hat das damals nicht ahnen können – wenn da überhaupt etwas gewesen ist«, versuchte Horst den Eindruck zu korrigieren, der sich allmählich im Kopf des Österreichers festzusetzen schien.

Der machte eine wegwerfende Handbewegung und beugte sich nun wieder vor, um zum Telefon zu greifen. Das war noch eines mit Wählscheibe, unglaublich!

Horst registrierte verwundert, dass die Ausstattung der Kripo Ulm im Gegensatz zu der in der Gendarmeriestation Kufstein regelrecht hypermodern wirken musste – zumindest hatten sie in Deutschland, dem technischen Fortschritt im High-Tech-Land sei's gedankt, doch tatsächlich schon seit fünf Jahren richtige, echte Tastentelefone auf den Schreibtischen stehen.

Der Oberbulle nahm den Hörer ab, wählte die Eins und flötete nach kurzer Wartezeit in die Muschel: »Geh Ivanka, mach mir doch mal eine Verbindung mit dem Kollegen Gamsbichler Pepi in Matrei! Jo – dös in Osttirol, oder kennst noch ein zweites? Sigst! Danke! Servus!« in gespielter Verzweiflung tippte er sich an die Stirn: »Als wenn's in Österreich noch mal ein Matrei geben würde! Deppert sans, die Tschuschen!«

Der verwunderte Blick von Horst nötigte ihm die kaum zu erwartende Erklärung ab: »Ja Tschuschen! So sagn mir halt zu de Ausländer! Na«, korrigierte er sich, als er das leichte Stirnrunzeln bei seinem Gegenüber registriert hatte, »na, net zu eich Deitschen! Ihr seids ja die Piefkes, haha!« Begeistert klatschte er sich auf die Schenkel. *(Wirklich sehr witzig!)*.

»Na, mit Tschuschen meinen wir die vom Balkan, dös ganze Gelichter, dös da so rumspukt!«

Horsts Blick schien ihm immer noch rätselhaft genug, um mit der Erklärung fortzufahren: »Die Ivanka da draußen, der ihre Eltern san aus Slowenien. Sie is zwar hier geboren und hat auch einen österreichischen Pass, sonst dürfts hier jo gar net arbeiten in der Gendarmerie, aber, wir hams ja grad wieder ghört: Auskennen im Land tuts sich trotzdem net. Ist ja ein ganz nettes Mädel, aber i sog immer: Tschusch bleibt Tschusch!«

Wer weiß, zu welchen tiefergehenden Analysen des Balkanbewohners im Allgemeinen und der hier im Land geborenen zweiten Generation der Ausländerkinder sich der Oberbulle sonst noch verstiegen hätte, wenn in diesem Augenblick nicht das Telefon geläutet hätte. Ja, das war noch ein richtiges Läuten, nicht so ein merkwürdiges elektronisches Gequietsche und Geschnarre, wie bei den modernen Tastentelefonen. Horsts Gegenüber hob ab: »Ja, bitte ... Wos sagst? Net im Büro? Wissen net, wann er wiederkommt? Na Servus!« und damit legte er den Hörer wieder auf seinen antiken k. u. k. Fernsprechapparat. »Und wos mach mer jetzt? Wie sollen mir jetzt rauskriegen, obst uns net angschwindelt host, hä?«

Horst bemühte sich cool zu bleiben, auch wenn sich wieder mal sein Magen zu regen begann: Kein Wunder, wenn man stundenlang den ganzen Frust und Ärger hinunterschlucken musste und kurz nach einer richtigen, ausgewachsenen Diarrhö! Keine zwei Stunden noch, dann hätte er sich dadurch ein ausgewachsenes Magengeschwür eingehandelt!

»Also, woaißt was, Kollege? Wia hoaißt denn der Chef in Deitschland von de Kieberer – oder der von der Mordkommission?«

»Unterhauser«, entschlüpfte es Horst, der im selben Moment, als er den Namen preisgab, auch schon merkte, wo der Hase langlief. Hätte er doch nur den Namen von Protnik genannt, dann wär die Sache wenigstens unter ihnen geblieben, aber so: *Mist, verdammter!*

»So so, ein Herr Unterhauser!« wieder griff die Kanaille zum Hörer.

»Geh, Ivanka, machst mir bittschön noch eine Verbindung. Nach Deitschland – nach Ulm – zur Polizei. Zu einem Herrn Unterhauser, sei so guat! Wie? Na, die Nummer hab i a net, die muaßt schon selber rausbekommen, ja, es is mir eilig!«

»Aber ich hätt sie doch gewusst – die Telefonnummer«, Horst hatte sich inzwischen in sein Schicksal gefügt und wünschte sich nur noch, dass alles so schnell wie möglich vorüberginge.

Doch der andere hob verneinend den Zeigefinger der rechten Hand. »Na, na, Herr Kollege! Für wie deppert haltens uns Österreicher? Gendarmerieregel Nummer 1: Traue nie einem Verdächtigen! Wer weiß, welche Nummer Sie uns da untergejubelt hätten! Na, na – da soll die Ivanka lieber a bisserl recherchieren. Wozu ham mas denn?«

Zufrieden über den Beweis seiner polizeidienstlichen Fähigkeiten lehnte er sich wieder zurück und harrte der Dinge, die da hoffentlich bald kommen würden.

Nach fünf Minuten, die – so zumindest erschien es Horst – nur quälend langsam vorüberschlichen, kamen sie: In Form eines neuerlichen Klingelns des k. u. k. Gendarmerietelefons.

»Ja, bitte – dank schön Ivanka – ja, verbind mich, bittschön!« Und die Hand vor die Sprechmuschel haltend, blinzelte der Oberbulle seinem »Häftling« zu: »Na also, sag noch einer was gegen die Tschuschen! Ja – hallo, hallo!«

Mein Gott, telefonieren und die Hand über das Mikrofon halten, das geht auch nicht! Aha, der Groschen ist gefallen, na endlich!

»Ja, küss die Hand, Herr Hofrat! Hier is der Schwarzenberger Alois, Gendarmeriekommando Kufstein, grüaß Ihnen! Jo, dank schön, dös Wetter wird heut wohl nimmer anders, na und geschneit hats auch noch net, jo, dös wär langsam mal an der Zeit, ganz recht, Herr Hofrat!«

»Womit's mir behilflich sein könnten: Also wissens, ich hab da einen Verdächtigen vor mir sitzen, der behauptet, er sei ein Kollege von Ihnen aus Ulm und der sei dienstlich hier bei uns unterwegs ...«

Der »Verdächtige« wäre am liebsten in seinem Sessel versunken, denn nun zelebrierte das Arschloch an seinem Feldtelefon natürlich die ganze, unselige Pickerl-Geschichte bis in die kleinste Kleinigkeit hinein und wenn man dem Redeschwall als unbeteiligter Zeitgenosse so zuhörte, dann handelte es sich bei Horsts Vergehen schon um ein mindestens mittelprächtiges Kapitalverbrechen gegen den österreichischen Staat.

»Ja, Moment mal, Herr Hofrat, ich geb ihn Ihnen, Momenterl noch ...« und damit beugte sich der schlaksige Gendarmeriekommandant vor, um Horst den Telefonhörer zu reichen. »Da, bittschön, der Chef is dran!«

Horst konnte sich lebhaft vorstellen, was nun kommen würde – und es kam. Kaum hatte er sich mit seinem Namen gemeldet, da brach es auch schon über ihn herein: »Ja sind Sie denn vollkommen verrückt geworden, da ins Ausland zu fahren und den deutschen Rambo zu spielen. Sie glauben wohl, Sie müssten sich an keine Gesetze halten! Und dann noch pampig gegen die österreichischen Kollegen werden! Also, meine Rückendeckung haben Sie nicht, auf keinen Fall!«

Das war ja zu erwarten gewesen – wer kein Rückgrat hat, kann auch keine Rückendeckung geben!

»Für den Fall, dass das noch ernsthaftere Verwicklungen nach sich zieht, werde ich Sie hier disziplinarisch zur Verantwortung ziehen! Beten Sie, dass Österreich keine weiteren Schritte unternimmt!«

Na, na!

Die würden schon nicht gleich die Armee in Marsch setzen und einmarschieren! Unterhauser konnte aber auch wirklich alles auf die Spitze treiben!! Aus diplomatischen Gründen aber gab sich Horst zerknirscht: »Ja selbstverständlich Herr Unterhauser! Ich werde alles tun, was die Kollegen verlangen! Ja ... natürlich ... ich reiche ihm noch mal den Hörer!« Damit gab er das Gespräch wieder an den Schwarzenberger Alois zurück und sank in den Besuchersessel vor dessen Schreibtisch. Hilfe konnte man von Unterhauser nun wirklich nicht erwarten, der hatte doch schon wieder die Hosen voll, dass da wohl was an ihm hängen bleiben könne, was womöglich die weitere Karriere gefährde. Der war wie ein Pudding, wenn man von ihm irgendetwas konkretes brauchte: Aber wer kann schon einen Pudding an die Wand nageln?!

»Ja – mach ich und küss die Hand, Herr Hofrat, besuchens mich halt amal, wenn's nach Kufstein kommen! Ja, Dank schön – mach ich gern! Auf Wiederhören nach Deitschland, Herr Hofrat!«, der Schleimer legte mit einem zuckersüßen Lächeln den Hörer sanft zurück auf die Gabel. »Na also, Herr Kollege, alles bestens, alles in Butter! Sie dürfens wieder weiterfahren! Hättens dös doch alles gleich gesagt – ein netter Mann, ihr Herr Unterberger!«

»Unterhauser!« verbesserte Horst, der dem Kerl am liebsten eine Tracht Prügel verabreicht hätte. Das hatte er doch längst alles gesagt! Das Ganze war die reine Schikane gewesen, da hatten die Freunde aus Österreich ganz einfach mal wieder die Muskeln spielen lassen müssen, um es den Piefkes zu zeigen! Na, wo er den nächsten Winterurlaub mit Sicherheit nicht verbringen würde, das stand für ihn mit dem heutigen Datum fest!

»Unterhauser, jo, ein netter Mensch, ihr Herr Chef! Also dann, lassn ma die Strafe Strafe sein und Gnade vor Recht ergehen!«

Arschloch!

Mit dem Füllfederhalter machte er einen entschiedenen Strich diagonal auf ein vor ihm liegendes leeres Blatt Papier, das wohl den fiktiven Strafbefehl symbolisieren sollte und mit einer generösen Geste erhob sich darauf der Herr Gendarmeriekommandant von Kufstein: »Wissens was, zahlens halt den Kollegen, die jetzt den ganzen Ärger mit Ihnen ghabt ham, ein paar Schilling in die Kaffekassen, und dann samma wieder guat mitanand!«

Mit Inbrunst schlug er Horst, der inzwischen ebenfalls aufgestanden war, mit der Rechten auf die Schulter, dass der leicht in die Knie ging.

»Ja – fünfzig Schilling – würde das reichen?« Horst wollte nichts übertreiben, so sehr ins Herz hatte er die beiden, den Jörgl und den Toni, nun auch wieder nicht geschlossen.

»Na – ihr Deitschen. Immer duats knausern! Komm, sag' n mer hundert Schilling und alles is in Ordnung!« sprach's, und donnerte kumpelhaft die nächste Rechte auf Horsts Schulter.

Der zückte die entsprechende Hundertschillingsnote und verabschiedete sich (innerlich zähneknirschend) freundlich von dem famosen Schwarzenberger Alois: »Also dann, vielen Dank auch und auf Wiedersehen!«

(Hoffentlich nicht!). »Ja – kimmens guat nach Matrei, Kollege! Auf Wiederschaun!«

Der Spuk war vorüber – oder doch nicht? »Halt – ein Momenterl noch, da fällt mir grade ein, das Pickerl dürfens natürlich jetzt nimmer vergessen, sonst bekommens noch mal Anständ!«

»Ja natürlich, das Pickerl – also ich bleibe wohl drei, vier Tage, da würde ein Wochenpickerl ja wohl reichen!« Horst ahnte nicht, was gleich kommen würde.

»Ja, das wär natürlich möglich«, gab sich der Gendarm mit einemmal nachdenklich. »Dumm ist nur, dass wir momentan gar kein Wochenpickerl vorrätig haben. Aber so können wirs Ihnen andererseits ja auch net losfahren lassen! Wissens was: Kaufens halt ganz einfach das 550er Pickerl, da könnens dann ein ganzes Jahr lang über die Autobahnen in Österreich donnern, dös is so betrachtet ja auch billiger, als das Wochenplaketterl! Und ein anderes haben wir momentan sowieso nöt da!«

Obwohl Horst nie wieder in seinem Leben den Fuß nach Österreich setzen würde, erstand er zähneknirschend auch noch das 550-Schilling-Pickerl. Jetzt waren es also schon fast 700 Schilling, die ihm diese österreichischen Mehlspeisen abgeknöpft hatten, ein glatter Hunderter! Wenn das so weiter ging, dann würde er wieder auf der Höhe der »Strafe« landen, zu der ihn die zwei Trottel vorher verdonnert hatten. Also machte er, dass er so schnell wie möglich aus dem Gendarmerieposten kam.

»Aber klebens dös Pickerl bittschön auf die richtige Seite von der Windschutzscheibe, sonst gibt's wieder Anständ!«

Blödian!

Tatsächlich hatten es die Österreicher schon fertig gebracht, auch Touristen zur Kasse zu bitten, die sich ordnungsgemäß mit dem Pickerl versorgt hatten. Nur war es dann von manchen auf die falsche Seite der Windschutzscheibe geklebt worden – und das hatte tatsächlich Strafe gekostet. Claudia und Horst hatten schallend gelacht, als sie diese Story nichtsahnend in der Zeitung gelesen hatten ...

Kapitel XXII

»Also der Schwarzenberger Alois, dös is ja ein schönes Rindviech!« schüttelte der Gamsbichler Pepi das ergraute Haupt, als ihm Horst Meyer den Grund schilderte, weshalb er erst einen Tag später als verabredet auf dem Gendarmerieposten in Matrei angekommen war.

Aber der unfreiwillige Kufsteinbesuch hatte so viel Zeit verschlungen und die Straßenlage war durch die ersten Schneefälle um den Tauerntunnel herum so kritisch gewesen, dass Horst erst nach Einbruch der Dämmerung in Matrei eingetroffen war. Die Besatzung des Gendarmeriepostens hatte da schon längst Feierabend gemacht, so dass dem Kommissar aus Deutschland nichts anderes übrig geblieben war, als sich in den Gasthof zu begeben, in dem ihm der Kollege Gamsbichler ein Zimmer hatte reservieren lassen. Zum Glück war ihm der Name des Gasthofs im letzten Moment wieder eingefallen, denn die Suche nach einem Übernachtungszimmer war das Letzte, was er nun noch brauchen konnte.

»Der Schwarzenberger, dös is auch so einer, der hat nur deshalb Karriere gemacht, weil er schon jahrelang in der ÖVP drinsteckt! Und der hat gedroht, er ginge zum Haider und seinen Freiheitlichen, wenn die ihn net bald zum Postenkommandanten ernennen. Ich kenn ihn gut, den Hund, den damischen!«

Der Gamsbichler Pepi war ganz offensichtlich bei der anderen Fraktion engagiert, also Mitglied bei der SPÖ (bei den Sozialisten, den Roten) und deshalb dem anderen nicht grün. Diese beiden Parteien hatten die Alpenrepublik mit ihrem Postenschacher und ihrer Ämterpatronage schon seit Jahrzehnten fest im Griff, ohne Parteimitgliedschaft lief in Österreich bislang wenig bis gar nichts. Und obwohl die Schwarzen und die Roten immer so taten, als seien sie sich spinnefeind, wurden im Vorfeld von Personalentscheidungen die Besetzungen zwischen SPÖ und ÖVP immer haarklein und klammheimlich ausgemauschelt. Und dieser Postenschacher, der war auch der wahre Grund, weshalb sie sich sogar in der Öffentlichkeit so einig, wie sonst selten, gegen die FPÖ des Rechtsauslegers Haider stemmten, der das ganze fein austarierte System mit seinen Stimmenprozenten so allmählich ins Ungleichgewicht zu bringen drohte. Nun denn, immerhin hatten die Österreicher in ihrem politischen System dem bundesrepublikanischen eines voraus: In Österreich wusste man, dass unter der Decke gemauschelt und gekungelt wurde, in Deutschland hielt man das dagegen für völlig unmöglich, es war aber, das hatte das Nicht-Parteimitglied Horst selbst oft genug leidvoll erfahren, in Wirklichkeit ganz genau so!

»Wie auch immer, jetzt bin ich ja da! Jetzt können wir uns ja um den Grund meines Besuchs kümmern! Ihr wisst ja, worum es mir geht!« Horst versuchte es erst mal in der dritten Person, um ein Vetrauteres Gesprächsklima unter den Kollegen zu schaffen. Mit Erfolg.

»Also – wissen's wos? Sagn mer doch Du zuanander! Des is doch viel leichter so. Also i bin der Pepi und dös da drüber is der Mittersiller Alois, der Loisl halt! Einverstanden?« fragend blickte der »Haderer« dem »Kieberer« ins Gesicht, denn unproblematisch war der Vorstoß des uniformierten Beamten gegenüber dem in Zivil aus österreichischer Sicht nicht unbedingt. Da waren sich nämlich die uniformierten »Haderer« und die bessergestellten »Kieberer« in herzlicher Abneigung zugetan und wenn überhaupt, dann war es von Wien bis Salzburg üblich, dass die Initiative zum »Du« von den »Kieberern« ausging, nicht umgekehrt. Aber bei einem Deutschen, schoss es Horst durch den Kopf, hatte sich der Pepi wahrscheinlich gedacht, könne er es mal andersherum probieren. Und das war ihm recht so, denn es machte tatsächlich das Gespräch miteinander irgendwie einfacher.

»Einverstanden!« nickte Horst zustimmend den beiden Gendarmen zu. »Und ich bin der Horst – manche sagen auch Hotte zu mir, ganz wie ihr wollt!«

Hotte! Vielsagend blickten sich die Österreicher an! »Gut – Hotte, dann wolln mer mal!« Pepi winkte den Mittersiller Loisl zu ihnen an den großen Tisch im Besprechungszimmer des Gendarmeriepostens und schlug eine bereits leicht angegilbte Akte auf. »Dös war damals das Ermittlungsergebnis, das wir zusammen mit der Bergwacht dann protokolliert haben. Also – für uns war der Fall eindeutig! Leichtsinn, bodenloser Leichtsinn! Aber dös is nix besonderes, dös passiert bei uns hier in die Berge fünf-, sechsmal im Jahr! Damit mein i nur die tödlichen Unfälle, die anderen, die kannst gar net zählen! So deppert sans manchmal, die Touristen! Deswegen hab i mi au erscht gar nimmer erinnern kenna, an den Fall, verstehst? Leider reine Routine, das da!« und damit deutete er auf die Akte vor sich.

Horst nickte stumm.

»Und jetzt meints, ihr hättets was anderes rausbekimma, in Deitschland?« forschend schaute der Mittersiller Loisl in Horsts Gesicht.

»Na, wir wissens noch nicht. Es gibt da nur plötzlich ein paar offene Fragen, das ist alles«, vorsichtig zonte Horst die Bedeutung seines Besuchs erst einmal herunter. Vergeblich!

»Und wieso bist dann kimma?« hakte der Loisl da schon intelligent nach.

»Na ja, es ist immer besser, als am Telefon, wenn man miteinander spricht. Ich würd auch gern mal die Stelle anschauen, an der das Unglück passiert ist!«

Bedeutungsvoll schauten sich die beiden Gendarmen in die Augen. »Dass es gestern geschneit hat, dös hast aber mitbekommen, ja? Also, dös wird kein Zuckerschlecken, bis runter zur Absturzstelle. Dös liegt auf 2300 Meter und da kannst net mit der Seilbahn hifahren, so wie im Schiurlaub! Und zu der Stelle, wo er runtergfallen is, da kommst um die Jahreszeit nur als guter Kletterer«, Pepi musterte Horst eindringlich. »Aber wennst willst: Die Bergwacht wär bereit, die bringen di bis dahin, wo sie ihn gfunden ham – morgen in der Früah dann!«

Horst nickte: »Gut – machen wir. Und jetzt nehm ich mir am besten mal die Akte hier vor, dann könnt ihr unbehelligt von mir weiterarbeiten, O.K.?« Er war schon richtig nervös geworden, während des Gesprächs, denn dreimal, in Worten: Dreimal (!), hatte das Telefon geklingelt, aber keiner der beiden Hüter von Recht und Ordnung in Matrei hatte es für nötig gehalten, den Hörer abzunehmen und zu fragen, ob und um welche Art von Notfall es sich denn bei dem Anruf handle. Die mussten Ochsenblut in ihren Adern haben!

»Von mir aus!« Pepi schob ihm die Akte hin und schlurfte dann in Richtung Schreibtisch. »Aber in einer Stunde kimmst mit ins Wirtshaus, dass dös klar is!« machte Loisl in Anschluss daran klar, was an diesem Tag an wichtigen Terminen noch anstand. »Die ham heut Gröstl auf der Speisekarten und keiner in ganz Osttirol macht's das so gut, wie unser Sonnenwirt, wenn er Lust hat! Und Lust hat er immer dann«, Loisl holte bedeutungsvoll Atem, »wanns die ganzen Touristen weg san. Dann hat er bloß no ein Viertel so viel Umsatz, wie vorher, aber die Portionen san größer und – sagt er – Zeit hat er mehr. Die Touristen fressens au so, meint er! Nix für ungut, aber so isses halt!« fügte er mit einem entschuldigenden Seitenblick auf Horst hinzu.

Der nickte kurz und nahm die Akte zu sich: »Und dann wundert ihr euch noch, wieso der Fremdenverkehr von Jahr zu Jahr weniger wird! Da jammern sie alle, aber dass Preise und Qualität langsam nimmer übereinstimmen, das vergessen sie. Da helfen noch so viele Aktionen und Anzeigen nichts: Solang das so bleibt, wird's weiter runtergehen im Tourismus bei euch!«

Schweigend nahmen die beiden anderen das zur Kenntnis und taten, als ob darauf keine Antwort mehr vonnöten sei. Aber das passte Horst bestens in den Kram, denn so konnte er sich nun endlich ungestört der Akte widmen, in der er irgendeinen Anhaltspunkt zu finden hoffte. Wenn er bloß wüsste, welchen!

Kapitel XXIII

Also, das musste man dem Koch lassen: Das Tiroler Gröstl, serviert in der gusseisernen Pfanne, war wirklich ausgezeichnet gewesen! Schön mit Grieben gespickt und in viel Schmalz ganz langsam gebratene Kartoffeln dazu, dann geräuchten Speck mit hinein und weiterbraten lassen: Ein Gedicht! Das war genau nach Horsts Geschmack gewesen. Und dann das Bier: Horst schwärmte für das österreichische »Gösser«, das lief immer runter wie Öl, auch noch nach der zweiten Halben! Da konnten die in Ägypten doch alle bleiben, wo der Pfeffer wächst, mit ihrem Fraß dort unten!

»Kimm, Hotte, geh weiter! Jetzt hebn ma noch einen Enzian, so jung kemma nimmer zsamma!« eröffnete daraufhin der Pepi den Reigen zum Dessert. Und weil sich der Hotte nicht lumpen lassen wollte, gab er den anderen beiden (und sich natürlich auch) ebenfalls ein Stamperl Enzian aus, aber nicht den »Touristenenzian« mit den mickrigen 35,5 Prozent Alkohol *(so ein Schwachsinn!)*, sondern den richtigen, den Gamsbartler mit 46 Prozent. Und weil nun der Loisl ins Hintertreffen geraten wäre, setzte der noch einen drauf ...

Weshalb auch nicht, dachte Horst bei sich. Schließlich sorgte der hervorragende Schnaps dafür, dass das üppigfette Mahl in seinem ja noch immer kritischen Magen neutralisiert wurde, insofern würde auch Claudia nichts dagegen haben können. Und überhaupt, dämmerte es in ihm zwischen den nächsten Enzianrunden, er hatte Anlass genug, diesen Tag zu feiern, denn schließlich hatte er in der Akte mehr entdeckt, als er dies auf der Hinreise noch für möglich gehalten hätte. Der Stress der langen Anfahrt hatte sich ausgezahlt ...

Kapitel XXIV

Mitten in der Wand konnte Horst nicht mehr weiter. »Nein Freunde, es ist unmöglich!« presste er zwischen den zusammengepressten Lippen hervor. »Geht ihr allein weiter und lasst mich hier liegen, ich kann einfach nicht mehr! Holt Hilfe, so schnell es geht!« Damit ließ er sich in den Absatz der von zentimeterdickem nassem Neuschnee bedeckten Felsspalte sinken, fest entschlossen, keinen Zentimeter mehr in irgendeine Richtung vor- oder rückwärts zu gehen. Es war absoluter Wahnsinn von ihm gewesen, so kurz nach seiner Magen-/Darminfektion dem geschwächten Körper schon eine solche Strapaze zuzumuten: Erst der kilometerlange mühsame Aufstieg in der eisigen Nebelsuppe der Hohe Tauernregion, der ausdauernd-federnde Schritt der beiden Bergwachtleute, für die eine solche Bergtour ganz offensichtlich Alltagsroutine bedeutete und dann auch noch der einsetzende Regen, der mit jedem weiteren Höhenmeter an Konsistenz gewann und schließlich in dicken, pappigen Nass-Schnee übergegangen war, der auf dem Boden für jenen unangenehm-rutschigen Untergrund sorgte, der jeden weiteren Schritt zur Qual werden ließ.

Doch die beiden Bergwachtler hatten ungerührt nach oben gezeigt und gemeint: »Da oben müassens nauf, wenn's selber sehen wollen, wo der Student damals abgstürzt is! Kimmans nur, wir helfens Ihnen schon!«. Horst war zu eitel gewesen, um zuzugeben, dass er eigentlich jetzt schon keine Puste mehr besaß, dass seine Kondition und Leistungsstärke gegen Null tendierten.

Und das war der Fehler gewesen, denn jetzt ging es steil die Wand hoch, so steil, dass sich die drei anseilten und Schritt für Schritt, Meter für Meter an der Felswand geprüft und gesichert wurde, bevor man es wagte, weiter an Höhe zu gewinnen und immer weiter nach oben zu klettern.

Da – mit einem Mal war Horst vor Erschöpfung und Müdigkeit ausgeglitten und mit einem gellenden Schreckensschrei zwei, drei Meter im freien Fall in die Tiefe gestürzt, bevor ihn das Sicherungsseil des vor ihm gehenden Bergführers vor Schlimmerem bewahrt hatte. Mit vereinten Kräften hatten sie ihn hochgezogen und bis zu dem Absatz geschleppt, an dem er sich vollkommen erschöpft hatte niedersinken lassen.

Höllische Schmerzen im Bauch und im Brustkorb, die von dem Seil herrührten, das ihn aufgefangen und ihn trotz der dicken Kleidung wie mit Stahltrossen gefesselt, eingeschnürt und beinahe stranguliert hatte, machten jeden Gedanken an ein Umkehren oder gar die Fortsetzung des Gewaltmarsches von vornherein zunichte.

»Ich kann nicht mehr!« keuchte Horst, der von den beiden Bergwachtleuten durch eine Art Biwakzelt vor dem Schneefall abgeschirmt worden war, verzweifelt in den nassen Boden, während die Bergführer am Horizont allmählich seinen Blicken entschwanden. War das nun das Ende? Warum hatte er auch unbedingt hierher kommen müssen, weshalb hatten ihm Fotos und Skizzen vom

Unglücksort nicht ausgereicht? Erging es ihm nun genauso, wie dem Studenten vor vier Jahren? Es war also doch alles nur ein Unfall gewesen! Was hatte er da nur in seinem Kriminalistenhirn alles zusammengeheimnist?!

Die Schmerzen im Magenbereich begannen allmählich unerträglich zu werden ... das dürfte es also wohl gewesen sein ... Nein, was hatte er da eben vernommen, oder täuschten ihn jetzt schon bereits die Sinne? Waren das Glocken gewesen, oder Sirenen? Kam die Hilfe vielleicht doch noch in letzter Minute? Wieder hörte er die Glocke, diesmal laut und deutlich – und jetzt gleich ein drittes Mal! Narrte ihn womöglich doch kein Spuk? Nein, es war ganz eindeutig!

Mit einem Ruck setzte sich Horst Meyer kerzengerade auf: Klar! Natürlich, es war das Telefon auf dem Nachttischchen neben dem Bett, das ihn aus seinem Albtraum erlöste! Mit zitternder Hand griff er zum Hörer und nahm ihn ab: »Meyer!« wollte er sich melden, doch außer einem trockenen Krächzen kam kein verständlicher Ton aus seinem Mund. Nachdem er einmal, zweimal geschluckt und so gleichzeitig auch die in ihm urplötzlich aufsteigende Übelkeit wenigstens kurzfristig erfolgreich bekämpft hatte, war er wieder einigermaßen in der Lage, eine klare Namensangabe von sich zu geben: »Meyer, ja bitte!«

»San Sie der Meyer Horst, der Kriminaler aus Deitschland?« tönte es ihm laut und vernehmlich aus dem Hörer entgegen. Eindeutig zu laut für ihn heute zu dieser frühen Morgenstunde!

»Ja das bin ich!« Er begriff immer noch nicht, was die Heldentenorstimme mit dem Osttiroler Akzent denn eigentlich von ihm wollte.

»Ja, dann kimmens doch bittschön herunter, dass wir losmarschieren können. Sie sans schon seit zehn Minuten überfällig! Oder habens etwa unsere Tour vergessen?!«

»Nein, Nein, hab ich natürlich nicht!« wiegelte Horst, dem mit einemmal wieder sterbenselend geworden war, vollkommen wahrheitswidrig ab. Natürlich hatte er die Bergtour vergessen, auf der ihn doch heute einer von der Bergwacht zur Unglücksstelle von damals führen sollte. Menschenskinder! Was war denn eigentlich gestern Abend losgewesen?

Ein stechender Schmerz durchzuckte seinen Magen: Richtig, das wunderbare Mittagessen, aber jetzt durfte er um Gottes Willen nicht daran denken, sonst würde es ihm noch hier im Bett den Magen umdrehen! Und dann die zahlreichen Verdauungsschnäpse und das gute österreichische Bier!

Und schließlich war da mit einemmal die Resi in ihrem schmucken, modisch-kurzen Dirndl dagestanden und hatte ihnen noch etwas ganz besonderes eingeschenkt: Einen Marillenbrand – aber aller erste Sahne war der gewesen und selbstredend auch wieder kein Touristenwässerchen! Stolze 43 Prozent hatte der gehabt. Auf einem Bein konnte man natürlich nicht stehen und so hatte die freundliche Resi nochmals ein Stamperl eingeschenkt. Dann hatte sie sich sogar neben Horst auf die Bank gesetzt, so nett war sie gewesen ... Ja, einen würde sie schon mit ihm trinken, warum denn net? Auch die Resi blieb auf einem Bein nicht stehen und sehr gerne hatte der Horst mit ihr auf die deutsch-österreichische Freundschaft angestoßen. Wo kam man sich in zwischenmenschlicher Hinsicht auch besser näher, als in einer gemütlichen österreichischen Jagerstubn mit einer Flasche 1a Marillengeist vor sich?

Als die Dämmerung hereingebrochen war, hatten sie die Flasche zur Gänze geleert gehabt, die beiden Kollegen waren schon kurz vorher mit dem Hinweis auf das Abendessen, das in ihren Familien nun auf sie warte, nach Hause gewankt. Also, wirklich nett war's, die Resi und so war es natürlich auch gar keine Frage, dass er noch ein bisserl mit ihr mitging, in die Disco, zum Tanzen! Und dann ...?

Ab da herrschte mit einemmal völlige Dunkelheit bei Horst: Filmriss! Das zweite Mal in seinem Leben, dass ihm so was passierte! Nicht zu fassen! Und wer hatte ihn dann aber in sein Zimmer gebracht und ihm die Hose ausgezogen, die im übrigen korrekt gefaltet auf einem Kleiderbügel am Schrank hing (so korrekt, wie das nur Frauen fertig bringen). Bohrende Kopfschmerzen nahmen ihn mit einemmal vollkommen in Beschlag, dazu stieg die Übelkeit von neuem in ihm auf und dieses Mal war die Sachlage eindeutig: Es würde sich nicht noch mal unterdrücken lassen!

Und dazu noch der Kerl von der Bergwacht am Telefon! »Warten Sie, ich komme gleich!« Ohne ein weiteres erklärendes Wort hinzuzufügen, knallte er den Hörer wieder auf die Gabel und rannte so schnell es seine zitternden Knie eben zuließen, in Richtung Badezimmer. Sollte der Wurzelsepp da unten doch denken, was er wollte, Horst musste nun erst einmal den unangenehmen Teil des Morgens lebendig hinter sich kriegen!

Eine Viertelstunde später fühlte er sich so weit wieder hergestellt, um dem Menschen von der Bergwacht, der unten im Frühstücksraum auf ihn wartete, gegenüberzutreten. Da nur ein einziger Gast in diesem Raum zu sehen war, fiel es Horst nicht sonderlich schwer, zu kombinieren, wen er da wohl vor sich hatte. Aber auch unter einer ganzen Busladung von Menschen hätte er das braungebrannte Männlein mit dem Vollbart, das mit einem Tirolerhut samt dem daran gehefteten Abzeichen der österreichischen Bergwacht, einem dicken, roten Anorak, Kniebundhosen und dicken Bergstiefeln bekleidet und mit einem Rucksack von wahrhaft gigantischen Ausmaßen versehen war, als Mitglied der österreichischen Bergführervereinigung identifizieren können.

»So – samma endlich herunten!« tönte die dunkle Stimme, die in seltsamem Kontrast zu der schmächtigen Gestalt des Männleins stand, vorwurfsvoll in Richtung Horst hinüber. »Habts es wohl gestern zu lang getagt, wos? Ihr sehts ja aus, wiea des Leiden Christi! Na, da wird's Eich die frische Luft aber besonders guat tun – also, aufi, gemma!«

»Nee, nee, Moment noch!« zögernd begann Horst den Gedanken zu artikulieren, der ihm beim Verlassen seines Zimmers gekommen war. »Also ... mir geht's wirklich nicht gut heute morgen.« (Schaudernd dachte er an den gerade eben vom Klingeln des Telefons beendeten Albtraum zurück) »Ich glaub, ich muss auf die Tour heute verzichten, wissen Sie, mein Magen ...« Allein beim Gedanken an sein momentan offenbar wichtigstes Organ begann es ihn bereits wieder zu schaudern – ein plötzlicher Schweißausbruch tat ein Übriges dazu, dass er sich wieder ganz genauso elend fühlte, wie ihm schon vor einer Viertelstunde beim Aufstehen zumute gewesen war.

»So so!« resümierte das Männlein giftig. »So sans, die Touristen! Erst saufens wiea die Löcher und dann könnens nix vertragen. Wer aber sauft, des lassens sich gesagt sein«, und damit trat das Männlein ganz nahe an ihn heran und schien ihn, auch wenn es fast anderthalb Köpfe kleiner war als Horst, mit seinen wässrig-blauen Adleraugen fast zu durchbohren, »Wer sauft, muaß au was vertragen, sonst soll er's sein lassen!« Sprach und marschierte mit seinem gewaltigen Rucksack (oder der Rucksack, so schien es, mit ihm) ohne ein weiteres Wort davon.

Da hatte er wieder gute Dienste geleistet, um das Verhältnis zwischen Bergbewohnern und deutschen Touristen zu entkrampfen, so viel dämmerte Horst sogar noch durch seinen gewaltigen Kater hindurch. Aber so war es eben! Sei's drum! Hätten ihm diese verdammten Österreicher halt nicht so viel von diesem verteufelten Schnaps eingeschenkt und ihn ganz einfach in Ruhe gelassen! Und was war nun eigentlich mit dieser Resi gewesen? Die Beantwortung der Frage musste er kurzzeitig verschieben, denn ein weiteres Mal und dies ganz eindeutig, meldete sich sein Magen! Aber Gott sei Dank gab es gleich neben dem Frühstücksraum eine Toilette …

Weshalb in Dreiteufelsnamen hatte er denn nicht auf Claudia gehört?!

Kapitel XXV

»Na, du bist mir ja ein schöner Vogel!« Horst mochte es gar nicht, wenn ihn einer so nannte. Da war man kaum von der alles andere als vergnüglich verlaufenen Dienstreise aus Österreich zurück und schon hing man am Telefon, um sich rechtfertigen zu müssen. Aber der Kollege am Telefon hatte momentan alle Trümpfe in seiner Hand, deshalb empfahl es sich, jeglichen Kommentar zu unterlassen. »Also es ist so, da hat vorgestern einer von den Tiroler Nachrichten aus Kufstein angerufen und sich nach deinem Dienstgrad erkundigt. Der muss gestern einen Artikel über deine Episode mit der österreichischen Gendarmerie im Blatt gehabt haben.« *Diese Schweine!* Da hatten sie doch, ganz offensichtlich genüsslich, einen von den Zeitungsschmierern dort geimpft, um ihm nochmals eine überzubraten. Das konnten seiner Meinung nach nur die beiden aus dem Polizeiauto gewesen sein. Bande!

Aber es ging noch weiter. Der Kollege von der Pressestelle schien sich in Wirklichkeit halb totzulachen über den Kommissar Horst Meyer und seinen Mords-trouble im schönen Kufstein: »Ja und jetzt hat gestern Nachmittag dann gleich eine von der Südwestpresse angerufen, die haben irgendwie den Artikel aus Kufstein spitzgekriegt. Die will nun auch was schreiben, aber nur eine kleine Schmonzette, hat sie gesagt.« *Haha, extrem witzig!*

»Ja und die hat nur noch mal nachfragen wollen, ob sie dich dort tatsächlich ohne Pickerl erwischt haben und dann sogar auf der Wache festgesetzt haben. Mein Gott Horst, sei mal ehrlich, wenn's ein anderer wäre: Du würdest dich kugelig lachen!«

Aber es war kein anderer, er war es, Horst Meyer von der Mordkommission II in Ulm! Wenn die »Schmonzette« auch noch erschien, dann setzte es den zweiten Anpfiff von seinem Chef. Nicht, dass ihm eine solche Rüge irgendetwas ausgemacht hätte, und von diesem Blödmann gleich zweimal nicht, aber die Zeit und die Nerven dafür, die hatte er nach seinen doch eher schmählich verlaufenen Österreich-Abenteuern nun wirklich nicht.

Wie die beiden Trottel in Matrei sich bei der Verabschiedung angeschaut hatten, Horst hätte wetten können, dass die vor Lachen auf dem Boden lagen, kaum dass er abgefahren war! Abgefüllt hatten sie ihn, nach allen Regeln der Kunst, und das Reserl, wenn er nur wüsste, was da eigentlich gelaufen war ... Nein, bitte nicht schon wieder der Magen: Beim puren Gedanken an die Geschehnisse in Matrei drehte sich ihm derselbe um und er musste sich wirklich zusammenreißen, um nicht wieder ganz rasch den Hörer auf die Gabel zu werfen und um die Ecke spurten zu müssen ...

»Also Horst, so schlimm wird's schon nicht werden. Ich wollte dich auch nur vorab informieren, dass du vorgewarnt bist, wenn du demnächst die Zeitung aufschlägst. Dann mach's gut und bis bald mal wieder!« Damit war das Gespräch mit dem Kollegen von der Pressestelle beendet. Horst legte auf und musste sich eingestehen, dass es ja eigentlich wirklich nett von dem Kerl gewesen war, ihm diese Vorwarnung zu geben.

Die Bürotür ging auf und frohgemut und offenbar bestens gelaunt betrat Michael »Sputnik« Protnik das Büro. »Na da ist er ja wieder, unser Urlauber«, begrüßte der ihn. »Na, wie war's denn so in Österreich?«

Forschend sah ihm Horst Meyer ins Gesicht. War das ehrlich gemeint oder steckte hinter der Frage bereits das Wissen um die Vorgänge in Kufstein? Aber nein, Horst kannte seinen Sputnik gut genug, um zum Schluss zu kommen, dass der wirklich voller Naivität und Wiedersehensfreude das momentane Befinden seines Partner ausloten wollte. Und außerdem, Protnik las ja bekanntlich zuhause keine Zeitungen, also war er mit seinen Nachrichtenkenntnissen bestenfalls auf dem Stand von gestern.

Ohne auf eine Antwort nach dem Verlauf des Österreich-Trips zu warten, zog Protnik in genau diesem Moment eine Zeitung hervor, die er bisher hinter dem Rücken versteckt gehalten hatte: Das durfte doch nicht wahr sein!! *Also doch!*

»Hast du das schon gelesen?« begann Protnik das Ritual, das Meyers Horst nur allzu gut bekannt war – er selbst hatte in ähnlichen Situationen oft genug genauso begonnen.

»Nein, wie kommst du denn darauf, ich bin ja schließlich auch erst seit zehn Minuten im Büro«, knurrte Horst, wütend darüber, dass er sich dieser peinlichen Situation überhaupt ausgesetzt hatte. Weshalb nur hatte er damals auf der Autobahn bei Kufstein nicht einfach den Mund gehalten und brav seine 550 Schilling bezahlt?

»Da lies selber«, Protnik schlug die Zeitung auf und begann die entsprechende Seite herauszufingern. Die legte er Horst auf den Schreibtisch. Und der wunderte sich. Was um alles in der Welt hatte die Pickerl-Affäre von Kufstein denn mit den Todesanzeigen zu tun. Ratlos stierte er auf die vor ihm liegende Zeitungsseite. Doch gerade als er den Kollegen nach dem Zusammenhang zwischen dem einen und dem anderen fragen wollte, fiel sein Blick auf die kleine, zweispaltige Traueranzeige am unteren rechten Rand der Seite. Und jetzt verstand er.

Der Name Martin Rambacher machte klar, worum es ging: »Die Wege des Herrn sind unerforschlich ...« war die Todesnachricht überschrieben. Und dann folgte das übliche – das in diesem Fall jedoch durchaus aus dem Rahmen fiel:

Die Wege des Herrn sind unerforschlich!

✝

Tief bestürzt geben wir das Ableben unseres über alles geliebten Sohnes, Enkels, Bruders, Schwagers, Paten und Verlobten

Martin Wilhelm Rambacher

geb.30.9.1967, gest. 2.11.1997

bekannt. Er wurde Opfer eines tragischen Unglücksfalls!

In tiefster Trauer:
Gisela und Karl Rambacher
Eleonore Rambacher
Susanne und Martin Schulze
mit Benjamin und Tobias
Angelika Theurer

Wir trauern um ihn in stillem Gedenken!

»Da, hast du das gelesen!« Protnik deutete mit dem Finger auf die Namen der Trauernden. Aber Horst hatte es ebenfalls schon registriert. »Da schau an, die Angelika Theurer! Dann ist sie also wieder hier in Ulm und spielt jetzt offensichtlich die trauernde Witwe!«

Protnik musterte ihn verwundert: »Heißt das, du bist mittlerweile überzeugt davon, dass die Theurer tatsächlich Dreck am Stecken hat!«

Horst nickte nachdenklich. »Ja – irgendwie stinkt die ganze Sache doch granatenmäßig! Klar, es ist fast unglaublich, dass ausgerechnet ich im Urlaub, und dann auch noch in Ägypten, an einen fast perfekten Mord hinstolpere und dass ich dann die mutmaßliche Mörderin auch noch schwerverletzt aus dem Wasser ziehe! Klar klingt das entschieden nach Verfolgungswahn: Aber ich kann mir nicht helfen, Sputnik, die Sache stinkt zum Himmel!«

Protnik drehte gedankenverloren mit der Rechten das Armband seiner »echten« Rollex einmal um sein linkes Handgelenk. »Also irgendwie hast du, glaub ich, ja Recht! Nur wie, das ist halt die Frage! Was hat's denn nun in Österreich Neues gegeben?« Neugierig blickte er Horst ins Gesicht.

»Na ja – nichts und doch wieder etwas!« Logisch, dass der Kollege mit dieser wahrhaft sibyllinischen Antwort nicht viel anzufangen wusste, sondern ratlos vor sich hin glotzte.

»Ich weiß, ich weiß!« nickte Horst verständnisheischend zu Protnik hinüber. »Damit kannst du nicht viel anfangen, ist schon klar, ich aber auch nicht!«

»Wenn du vielleicht aufhören würdest, in Rätseln zu sprechen ...« Klar, dass der andere nun allmählich ziemlich angesäuert reagierte. Also gab sich Horst einen Ruck und breitete seinen Erkenntnisstand vor Protnik aus.

»Ich hab dir doch schon gesagt, dass wir in Ägypten ganz verwundert waren, als wir im Gepäck von der Theurer und dem Rambacher diese Spritzen mit den drei Fläschchen mit Atropin gefunden haben!«

»Weiß ich!« Protnik erinnerte sich genau. »Aber ihr ward ja auch der Meinung, dass das halt so eine Marotte von dieser Ärztin gewesen sein muss.«

»Schon, aber merkwürdig war das ja auf jeden Fall. Und irgendwie ist es mir nie so richtig aus dem Sinn gegangen ... Claudia übrigens auch nicht«, fügte er noch rasch hinzu, um anschließend in der Darlegung seiner Gedankengänge fortzufahren. »Hab ich dir erzählt, dass die Packung ursprünglich fünf solche Fläschchen enthalten haben muss?«

»Ja, hast du – und?« Protnik verstand nicht.

»Aber von den fünf Fläschchen waren nur noch drei in der Tasche! Und zwei Spritzen! Was also ist mit den anderen zwei Atropinfläschchen passiert?«

Protnik zuckte ratlos mit den Schultern. »Wer weiß? Vielleicht hat sie ja sowieso nur eine angebrochene Packung mitgenommen: Und das waren eben die drei Ampullen, die ihr dann gefunden habt – in ihrem Gepäck übrigens, glaube ich, hast du gesagt, oder?«

Horst nickte: »Genau! Was aber, wenn sie den Inhalt von den beiden anderen nun in Ägypten verbraucht hat?«

»Und wofür? Um etwa die Italiener zu verarzten, die in die Korallen gelatscht sind?«

»Nein, natürlich nicht! Aber vielleicht, um ihrem Freund und«, Horst deutete auf die Todesanzeige, »und

Verlobten eine doppelte Dosis Atropin zu verpassen … möglicherweise beim Tauchen?«

Protnik staunte: »Aber das wäre ja …«

»… der perfekte Mord!« ergänzte Horst und korrigierte sich anschließend. »Der fast perfekte Mord natürlich!«

»Na ja, klingt irgendwie abenteuerlich, findest du nicht?« warf Protnik, der sich den Tathergang absolut nicht vorstellen konnte, wieder skeptisch geworden, ein.

»Richtig, aber du weißt noch nicht alles! In Österreich hab ich wie gesagt alles und gar nix rausgekriegt. Bei den Sachen von dem Verunglückten und auch in der Unglücksbeschreibung am Ort des Geschehens, so wie es die Bergwacht in Matrei protokolliert hat, da war überhaupt nichts Merkwürdiges zu finden. Fast hätte ich die Akte wieder zugemacht …«

Horst war ein Meister im Zelebrieren von ansteigender Spannung. Außerdem durfte die eigene Leistung natürlich in keinem allzu geringen Licht geschildert werden. Nach einer Bedeutung signalisierenden Kunstpause, die den Sputnik fast zur Weißglut getrieben hätte, fuhr er endlich fort. »Aber beim Untersuchungsbericht des Arztes, der den Totenschein ausgestellt hat, bin ich auf etwas Merkwürdiges gestoßen. Im Bericht steht nämlich so ein merkwürdiger Satz, nämlich dass der Tote erstaunlich geweitete Pupillen gehabt hat. Das passt normal nicht zu einem jungen, gesunden Menschen im Alter von 25 Jahren!«

»Sondern?«

»Sondern zu einem Fixer, oder einem Schwerkranken ... einem Herzkranken beispielsweise, na Michael, funkt da jetzt was?« Neugierig betrachtete er den Sputnik, bei dem es im Kopf nur so zu rattern schien.

»Und du meinst, die hätte dem damals ... Du meinst, die hat zweimal auf dieselbe Weise?« Protnik war nahezu sprachlos.

»Warum denn nicht? Das erstemal war es ja zweifelsohne der perfekte Mord! Niemand hat auch nur einen Funken Verdacht geschöpft, selbst der Arzt hat sich die erweiterten Pupillen nur so erklären können, dass der Junge nach seinem Absturz noch ein paar Minuten gelebt hat. Und dann mit der Schädelfraktur daliegen, plötzlich dämmert's ihm, dass er nicht mehr lebend aus der Wand herauskommen wird, da ist er vollends in Panik verfallen, der Kreislauf ist auf hundertachtzig gegangen, das Herz beginnt zu rasen, panische Angst, Entsetzen, Exitus! So hat sich der Arzt das zusammengereimt. Ich hab übrigens noch am Telefon mit ihm gesprochen«, Horst verschwieg lieber den Grund, weshalb er den Doktor an diesem Tag nicht persönlich hatte aufsuchen können, aber das hätte vom Ergebnis her ja schließlich auch keine Änderung erbracht. »Der Arzt hat ihn dann extra noch auf Einstiche an den klassischen Stellen durchsucht, Armbeugen und so, um sicherzugehen, dass da mit Drogen nichts im Busche war. Und er hat tatsächlich auch nichts gefunden. Also, er ist sich ganz sicher, dass die Geschichte mit den Pupillen so zustande gekommen ist, wie er sich das erklärt hat ...«

»Aber du glaubst das nicht«, hakte Protnik nun nach. »Du glaubst also tatsächlich ...«

»... dass die dem eine Ladung (oder gar eine doppelte wie ja höchstwahrscheinlich in Ägypten) Atropin verpasst hat, grade in einer kritischen Situation, als er sich nicht groß wehren konnte, als er da in der Wand im Seil hing und aus war's! Ich glaub das seit gestern Abend erst recht, denn Claudia hat mir bestätigt, dass die Pupillenerweiterung absolut typisch ist bei der Verabreichung von Atropin. Und dass eine Doppelpackung Atropin so ziemlich das letzte ist, was du beim Tauchen oder am Seil hängend im Hochgebirge brauchen kannst, das liegt ja wohl auf der Hand!«

»Muss ich dir absolut Recht geben«, wischte Protnik jeglichen Zweifel an Horsts Theorie nunmehr beiseite.

Doch der war noch immer nicht am Ziel, denn: »So – und was haben wir jetzt: Wir haben zwei mutmaßliche Morde, eine mutmaßliche Täterin, keinerlei Beweise und – und das vor allem, immer noch kein Motiv!«

»Sag das nicht! Ich denke, mit dem Motiv, da kann ich dir behilflich sein«, sprang da Protnik hilfreich ein. Horst quittierte diese Bemerkung mit einem überraschten Blick.

Kapitel XXVI

Michael Protnik war während der so turbulent verlaufenen Österreichreise Meyers bekanntlich auch nicht gerade untätig gewesen und so hatte er dem erstaunten Horst dargelegt, wie entschieden die Eltern des ersten Opfers, Joachim Matthes, die Frage verneint hatten, ob sie denn noch Kontakt zur Freundin ihres verunglückten Sohnes pflegten. Regelrecht empört war der grauhaarige alte Mann gewesen, Kontakte zu der Person? Auf gar keinen Fall! Auch beim Begräbnis hätten sie die damals nicht dabeihaben wollen. Schließlich sei die an dem ganzen Unglück ja schuld. Ihr Sohn habe sich längst von der Ärztin trennen wollen, die viel zu alt für ihn gewesen sei, das Verhältnis wäre beendet gewesen, doch sie sei immer wieder gekommen und habe ihren ehemaligen Freund gebeten, angefleht, beschworen, es doch noch einmal mit ihr zu versuchen. Wenigstens noch ein letztes gemeinsames verlängertes Wochenende in den Bergen, das sei er ihr nach einer so langen Beziehung (ein knappes Jahr nur hatte sie gedauert) schuldig.

Und Joachim Matthes, der ein gutmütiger Mensch gewesen sei, habe schließlich nachgegeben und sich zu der Bergtour nach Osttirol überreden lassen. Aus purer Gutmütigkeit, wie gesagt, denn für ihn sei zweifelsfrei festgestanden, dass diese Beziehung keine Zukunft mehr habe. Sicherlich, die Ärztin habe sich viel von diesem Wochenende in den Bergen versprochen, habe ganz offenkundig gedacht, sie würde ihn noch einmal dazu bewegen können, zu ihr zurückzukehren, doch das war, so gut hatten die Eltern ihren Sohn gekannt, ausgeschlossen gewesen.

Deshalb sei diese Person schuldig am Tod ihres Sohnes, war nun auch die Mutter des Verunglückten in die Anklage mit eingefallen. Wenn die damals nicht gewesen wäre ...

»Klingt ja alles nach einem Eifersuchtsdrama in den Bergen«, resümierte Horst, während er mit Protnik im Wagen saß und ihn Richtung Universitätsklinikum, Abteilung Innere Medizin, steuerte. Sie hatten sich erkundigt: Tatsächlich war Angelika Theurer wieder zurück aus Ägypten und hatte auch schon wieder ihren Dienst aufgenommen. Sie würden nun endlich einmal direkt mit ihr sprechen müssen, vielleicht ergab sich ja im Gespräch von Angesicht zu Angesicht ein handfestes Indiz, mit dem sie überführt werden konnte. Auf jeden Fall schien ausgeschlossen, dass sie auf den Besuch der Kripo – und dazu noch hier im Klinikum – vorbereitet war. Und solch ein Überraschungseffekt, der hatte ja oft erstaunliche Auswirkungen ...

»Trotzdem ...« Horst hatte die Puzzleteile für seinen Geschmack immer noch nicht genau genug zusammen bekommen. »Immerhin war sie ja selbst in Lebensgefahr: In den Bergen genauso wie im Meer. Ich würd's ja nicht glauben, wenn ich's nicht mit eigenen Augen gesehen hätte! Du, da war aber wirklich nichts gespielt, die war kurz davor, übern Jordan zu gehen, glaub mir!«

»Na ja, so sind sie halt, die Weiber!« knurrte der eingefleischte Junggeselle Protnik zwischen den Zähnen hervor. »Alles oder nichts! Mein Gott, wie oft hat schon eine von der Brücke springen wollen, weil ihr Lover sie sitzen gelassen hat!«

Protnik war manchmal mit einer bewundernswerten Einfühlsamkeit ausgestattet.

»Ach so, und du meinst, sie hat sich gedacht: Wenn der tot ist, dann will ich auch nimmer?«

»Genau«, nickte Protnik. »Aber zum Springen hat sie dann doch keinen Mut gehabt, wie's ja oft genug so ist. Dann schneiden sie sich die Pulsadern auf, aber lassen sich rechtzeitig entdecken oder sie sitzen auf dem Brückengeländer und werden schließlich mit einem Nervenzusammenbruch in die Klinik eingeliefert. Haben wir doch schon oft genug gehabt, oder?«

Irgendwie, irgendwo musste Horst dem Fatalisten neben sich Recht geben. »Tja, und beim Tauchen, da hat sie's dann doch nicht fertiggebracht, sich das Mundstück herauszuziehen und einfach so zu ersticken. Könnte so gewesen sein«, sinnierte der Kommissar weiter. »Also ich denke mir das so, dass sie irgendwo zwischen 20 und 30 Metern ihrem ahnungslosen Begleiter die Spritze gesetzt hat, als Taucher hast du ja sowieso keine Ahnung, was hinter dir oder direkt neben dir passiert. Und wenn du's merkst: Peng! Zu spät! Panik, Atemlähmung, Kreislaufversagen! Der Mann driftet immer mehr ab in die Tiefe und sie versucht ganz sicher zu gehen und zieht ihn runter bis auf 60 Meter. Dann lässt sie ihn los, er sinkt weiter nach unten, der Druck dort ist ja enorm, überleg mal: Über sieben bar wirken da auf einen, der wahnsinnig genug ist, da runter zu gehen. Es ist fast völlig dunkel, schwarz, vollkommen leer und unheimlich da unten, unendlich weit und gottverlassen: Nein, da merkt sie plötzlich, dass sie doch noch nicht sterben will, gerät in panische Angst und schießt hoch an die Oberfläche, so schnell es nur geht, denkt an keine Sicherheitsregel mehr, nur weg! Weg von da unten, weg von ihrem jetzt schon toten Begleiter, nichts wie hoch, zum Licht, zur Luft, so wie es in Panik geratene Taucher immer machen! Ja«, nachdenklich wischte er sich mit der Hand über die Stirn, »genauso könnte es gewesen sein!«

»Hört sich absolut schlüssig an«, pflichtete der beeindruckte Protnik ihm bei. »Nur brauchen wir jetzt noch das zweite Mal ein Motiv. Und das scheint mir schwierig genug, denn vergiss nicht: Dieses Mal war die Geschichte ja wohl ernster als beim erstenmal. Diesmal steht sie sogar als Verlobte unter der Todesanzeige!«

»Mist!« entfuhr es Horst, »Du hast ja recht! Aber dann macht's auch nicht die Bohne Sinn, sie jetzt schon zur Rede zu stellen. Da verschießen wir nur das Pulver, das wir vielleicht für später brauchen!«

»Richtig«, gab Protnik zurück, aber dieser Antwort hätte es schon gar nicht mehr bedurft, denn schon hatte Horst Meyer den Wagen um hundertachtzig Grad gewendet, begleitet von zornigem Gehupe des hinter ihnen fahrenden LKW. Also begann jetzt an diesem Nachmittag erst einmal die von den beiden Kommissaren wahrhaft innig geliebte Kleinarbeit!

Kapitel XXVII

Irgendetwas stimmte heute Abend nicht, irgendwas war anders, also sonst, dachte Horst beim nach Hause kommen. War's die merkwürdige Stille, die ihn schon auf dem Flur zu umklammern schien, war's das Feuer, das Claudia offenbar eigenhändig im Kaminofen entfacht hatte (das war normalerweise bisher grundsätzlich seine Arbeit gewesen: Expertensache!), oder wars die Tatsache, dass ihm Claudia dieses Mal nicht entgegengekommen war, als sie ihn die Haustür aufschließen hörte (das war ein ungeschriebenes Gesetz bei ihnen, dass der oder diejenige, der/die als erste/r zuhause war, den anderen gleich bei seinem Eintreten begrüßte)? Das heißt, mittlerweile warfen sich meist die Kinder zwischen die beiden, wenn sie jemanden kommen hörten. Aber die waren erstaunlicherweise ganz offensichtlich heute schon im Bett.

Oder bildete er sich alles auch nur ein, ganz einfach, weil er sich nach dem langen Tag im Büro, nach den Tathergangsdiskussionen mit Protnik und dann noch den Terminvereinbarungen, die sie telefonisch für den nächsten Morgen getroffen hatten (Mein Gott, bis man die Leute endlich mal ans Telefon bekam: Mal war keiner da, dann wiederum war stundenlang belegt!) schlichtweg müde und kaputt fühlte und sich nach nichts mehr sehnte, als seiner Ruhe und einem Viertele Trollinger am Kaminfeuer?

Schließlich schlauchten ihn die Nachwirkungen seiner ägyptischen Magenverstimmung immer noch: Nach wie vor war ihm manchmal das Gefühl gekommen, jetzt zu wissen, wie man sich im Alter von 80 Jahren fühlen musste. Und dann die Episode in Österreich: Ihn fröstelte, wenn er nur daran dachte. Also lieber weg damit und die Sache aus dem Gedächtnis verbannen – endgültig! Wenn das nur immer so einfach wäre …

Claudia saß auf dem Sofa im Wohnzimmer und blätterte augenscheinlich interessiert eine der Zeitschriften durch, die sie morgen früh als Lektüre für die Eltern ihrer Patienten mit in ihr Wartezimmer nehmen würde. Ausgerechnet dieses eine rosa, lila – grüne Blatt, oder wie die Hofberichterstattungs-Postille für die zahlreichen europäischen Königshäuser mit ihren Skandalen und Skandälchen auch immer heißen mochte, schien sie wie gebannt zu konsumieren. Dabei wusste Horst ganz genau, dass sie dieses Blättchen, das sie extra für ihre Haushälterin, Frau Beck, immer aus dem Stapel fischte, weil die es tatsächlich begierig verschlang (anstatt mal wieder richtig das ganze Haus durchzusaugen!), normalerweise nicht ausstehen konnte. »Heute das Bild der glücklichsten Familie auf der ganzen Welt, drei Wochen später dann: Ehedrama, Scheidung, der große Enthüllungsbericht: ›Wie ich mit Charles durch die Hölle ging!‹ und der ganze andere Quatsch. Mein Gott, das muss doch sogar dem Dümmsten auffallen, dass man hier nach allen Regeln der Kunst vergackeiert wird«, kommentierte sie sonst regelmäßig, wenn sie kopfschüttelnd die Titelseite mit den ewig lächelnden gekrönten Häuptern und die großen Schlagzeilen dazu betrachtete.

Und nun saß sie da und tat so, als wenn ausgerechnet dieses Blatt ihr uneingeschränktes Interesse hervorgerufen hätte! Horst war doch nicht blöd! Infolgedessen war er auch gewarnt. »Guten Abend, Liebling«, drückte er ihr einen Kuss auf die Wange.

»Ach, guten Abend«, als habe sie sein Hereinkommen gar nicht bemerkt, sah sie nun flüchtig zu ihm auf. Claudia war noch nie eine gute Schauspielerin gewesen!

»Sind die Kinder schon im Bett?« irgendwie musste man ja ein Gespräch ins Laufen bringen, um der Sache auf den Grund zu kommen.

»Ja.« *Aha!* Wieder vertiefte sich Claudia in die Geschichten mit Herz-Schmerz, Liebe und Eitelkeit, Tragik und neuem Glück.

»Habt ihr noch etwas zu essen übrig gelassen?«

»Ja.« *Soso!* Immerhin: Dieses Mal schien sie eisern entschlossen, ihn eine Weile zappeln zu lassen.

»Gab's sonst irgendwas neues?«

»Nee!« Meine Güte, wie lang sollte das denn noch so weitergehen?!

»Also, dann geh ich jetzt mal in die Küche!«

»Ja!«

Kaum hatte sich Horst umgedreht, um in der Küche nachzuschauen, was er sich vom heutigen Mittagessen wohl noch einmal aufwärmen konnte, da blickte Claudia tatsächlich kurz von ihrer Lektüre auf und ließ ganz beiläufig verlauten: »Ach übrigens, da hat vorhin jemand für dich angerufen ...«

Horst blieb an der Küchentür stehen und wandte den Kopf in Claudias Richtung. Sie wusste ganz genau, dass er es nicht ausstehen konnte, wenn sie seine Geduld so auf die Probe stellte. Wieso konnte sie nicht gleich mit dem Namen rausrücken? »Ja, wer war's denn?«

»Eine Frau, ein Roserl oder Zenzerl oder so ...« kaum hatte sie die Bombe zum Platzen gebracht, widmete sie sich wieder intensivst den Skandalen und Schicksalen der gekrönten Häupter dieser Welt.

Horst blieb stehen, wie vom Donner gerührt. Das durfte doch wohl nicht wahr sein! Hatte diese Resi doch tatsächlich seine Telefonnummer herausbekommen und die Stirn besessen, hier anzurufen! Hier bei ihm, zuhause! Wo hatte die bloß seine Privatnummer her, hatte die etwa doch an diesem Abend ... wo doch seine Hose am nächsten Morgen so akkurat ... Nein! Horst mochte die Geschichte nicht weiterdenken. *Cool bleiben! Normal reagieren!* Und die Offensive war immer noch die beste Verteidigung! »So, die Resi! Ja und was wollte die?«

Verwundert schaute Claudia auf: »Na, dich sprechen natürlich! Ganz erstaunt sei sie, dass du verheiratet seist, hat sie noch gesagt. Ja und dass du dich halt mal melden sollst!« Forschend blickte sie ihm nun in die Augen.

Ruhig Blut! Das kriegen wir schon wieder hin! »Ich wüsste nicht, was die das angeht!« Horst spielte den Ahnungslosen, das heißt: Eigentlich war er's ja auch. »Weißt du, das ist die Bedienung, die da in diesem ›Hüttenstadl‹ serviert hat, wo ich mit den beiden anderen abends noch hingegangen bin.« Was sollte er jetzt bloß noch erzählen? »Die haben der wahrscheinlich erzählt, dass es mir am nächsten Tag so übel gegangen ist, wegen meiner Magengeschichte, und da hat sie sich jetzt wohl nach meinem Gesundheitszustand erkundigen wollen. Geht die aber gar nichts an! So was!« entrüstet schüttelte er den Kopf.

Der spöttische Kommentar ließ nicht lange auf sich warten: »Einen tollen Service haben die mittlerweile, die Österreicher. Lassen schon die Gäste zuhause von ihren Bedienungen anrufen und fragen, ob die Herrschaften gut angekommen und wohlauf sind. Donnerwetter, da müssen die bei uns aber noch viel lernen!«

»Na ja, was weiß ich, alles Schmäh! Typisch für die Österreicher! Auf jeden Fall: Ich ruf' da nicht an, basta!« Es war besser, die Diskussion nun mit gespielter Entschlossenheit zu beenden, als sich weiterhin auf das Glatteis der nebelhaften Erinnerung an den besagten Abend zu begeben. Horst wandte sich um und öffnete die Küchentür. Auf jeden Fall war der Abend zweifelsohne schon gelaufen, bevor er noch richtig begonnen hatte!

Kapitel XXVIII

Nein, bei den Eltern des so tragisch verschollenen Tauchers waren sie am nächsten Morgen keinen Deut weitergekommen. Horst, der sich nach dem vergangenen Abend und einem eher kühl verlaufenen Frühstück sowieso nicht in Hochform fühlte (außerdem war der verdammte Magen immer noch nicht hundertprozentig wieder hergestellt. Wenn das nicht bald besser würde, dann musste er tatsächlich zu einem Internisten gehen!), hatte die Fragen weitgehend dem Kollegen Protnik überlassen. Aber so sehr dieser auch nachgefragt und auf Umwegen immer wieder die Beziehung zwischen den verunglückten Martin Rambacher und Angelika Theurer ins Spiel gebracht hatte, das Ergebnis war jedes Mal dasselbe gewesen.

Ganz offensichtlich waren die beiden, die Ärztin und der Student, ein Herz und eine Seele gewesen, ganz sicher waren sich die Eltern, dass da bald eine Heirat ins Haus gestanden wäre. Na ja, der Altersunterschied von acht Jahren, erst seien sie ja auch skeptisch gewesen, aber dann: Und Angelika habe sich doch so gut mit ihnen verstanden.

Auch wenn ihr Sohn ja jetzt offenbar tot sei (eine schreckliche Vorstellung, dass man wohl nie wieder irgendetwas von ihm finden würde, einfach weg war der, von jetzt auf nachher spurlos verschwunden! Horst schüttelte es innerlich bei diesem Gedanken.), Angelika würde von ihnen als Teil der Familie betrachtet und sei hier in diesem Haus immer herzlich willkommen.

Protnik hatte vorsichtig sein müssen, denn schließlich hatten sich die Eltern zunächst schon gewundert, was die deutsche Polizei denn in diesem Fall noch für Fragen haben könnte. Schließlich hätten sie doch schon alles mit dem Auswärtigen Amt und am Telefon mit der Deutschen Botschaft in Kairo besprochen, oder?

Na ja, nicht ganz, hatte Protnik geantwortet. Ein paar Fragen, reine Routine, hätten sie schon noch – im Auftrag des Auswärtigen Amtes eben, hatte er schnell hinzugeschwindelt, und dieser Hinweis hatte verfangen. Nur darum gebeten hatten sie, es bitte schnell zu machen, das Ganze sei für sie immer noch vollkommen unfassbar und ein gewaltiger Schock, so plötzlich und unvorbereitet den Sohn zu verlieren, der in diesem Jahr wohl sein Medizinstudium hätte beenden können.

Das also war das einzig bisher Neue gewesen, dass auch Martin Rambacher Medizin studiert hatte, genau wie sein »Vorgänger« vor vier Jahren. Doch wie auch immer Protnik sonst noch gefragt hatte: Mehr als das tragische Ende einer innigen Liebesbeziehung war nicht herausgekommen. Einigermaßen enttäuscht hatten sie sich daraufhin wieder in den Wagen gesetzt.

»Ja, wenn der auch Medizin studiert hat, dann kann der natürlich fast genauso an das Atropin gelangt sein, wie die Theurer!« resümierte Horst, während Protnik den Wagen in Richtung Polizeidirektion steuerte. »Also wird die Beweiskette immer dünner und die Indizien schmelzen allmählich dahin, wie Schnee in der Märzsonne!«

»Ja und was dann?« auch Protnik neigte nun zur Ratlosigkeit.

»Dann bleibt uns nur übrig, das Umfeld der beiden an der Klinik unter die Lupe zu nehmen. Kommilitonen, Freunde, Schwestern, Ärzte, Oberärzte, sogar den Professor! Also tatsächlich genauso, wie wir's gestern befürchtet haben. Kleinstarbeit!«

Protnik seufzte und Horst Meyer dachte in stiller Resignation an die Möglichkeit, dass sie vor drei Wochen anstatt nach Hurghada ja auch nach Sharm-el-Sheik hätten fliegen können ...

»Ach, da sind ja die Herren der Schöpfung!« demonstrativ blickte die Kanaille von Sekretärin auf die Wanduhr im Büro, als Horst und Protnik zur Tür hereinkamen. »Und so pünktlich heute Morgen!«

»Sprich ruhig weiter, Bebele« klappte Protnik sofort sein Visier herunter, um das Gefecht mit Uschi Abele aufzunehmen. »Aber während du ganz sicherlich noch den Schlaf der Ungerechten geträumt hast, waren wir Punkt neun schon bei einem Termin. Ich bin noch nicht mal zum Kaffeetrinken gekommen, heute Morgen. Komm, sei so gut«, damit streckte er ihr seine wie immer ungespülte Kaffeetasse entgegen. »Sei ein braves Mädchen und hol uns zwei schöne Tassen Kaffee!«

Die Provokation hatte ihr Ziel erreicht. Zornesröte schoss dem Bebele ins Gesicht: »Hol du doch deinen Kaffee mit deiner dreckigen Tasse, wo du willst. Meinetwegen in Montevideo! Aber dass ich dir die Bedienung spiele, Sputnik, das glaubst du ja wohl selber nicht!«

Protnik schoss ungerührt den nächsten Pfeil ab: »Aber Uschi, jeder Mensch ist zu was nütze! Komm, beweis es uns doch mal. Hol brav den Kaffee!« Und wieder streckte er ihr die ungespülte Tasse entgegen.

Blattschuss!! Mit einer wütenden Handbewegung drückte sie den ausgestreckten Arm von Protnik samt der Kaffeetasse beiseite: »Euch wird das Lachen schon noch vergehen, euch beiden! Und du brauchst auch gar nicht so vor dich hinzugrinsen!« warf sie damit Horst

Meyer einen vernichtenden Blick entgegen. Dem ging es trotz des bisher so verkorksten Morgens angesichts des fast fernsehreifen Duells zwischen Protnik und Uschi Abele schon fast wieder prima. Am liebsten hätte er schallend hinausgelacht, solch einen herrlichen Anblick bot die kugelrunde Sekretärin, deren Gesicht hinter den dicken Brillengläsern inzwischen vor Aufregung dermaßen rot angelaufen war, dass es bis zum Platzen des Ballons eigentlich nur noch eine Frage von wenigen Sekunden sein konnte.

Da sie offenbar bei Protnik an ihren Meister geraten war, stürzte sie sich nun auf Horst, der doch eigentlich nur als stiller Beobachter fungiert hatte. »Wetten, dass du auch gleich so klein mit Hut sein wirst!« und damit hob sie ihre rechte Hand auf die Höhe von Horsts Nase und beschrieb mit Daumen und Zeigefinger die Größe, auf die Horst ihrer Meinung nach binnen kurzem schrumpfen würde.

»Da«, nickte sie in Richtung auf den Schreibtisch der beiden Kommissare, »guckt mal, was ich euch da heute morgen schon kopiert habe!«

Neugierig spähte Horst auf das Blatt, das Uschi Abele ganz oben auf die Akten gelegt hatte. Ein Zeitungsausschnitt! Was sollte denn das nun wieder originelles sein? Doch ganz allmählich begann es bei ihm zu dämmern – und so war es auch: Die Kopie eines Abschnitts aus der heutigen »Südwestpresse, Ausgabe Ulm«. In einem Kasten war darin die neulich vom Kollegen von der Pressestelle schon angekündigte »Schmonzette« abgedruckt.

Nervös nahm Horst das Blatt in die Hand: »Kommissar verhaftet.« Das würde natürlich jeder lesen, der die

Seite aufschlug – wetten? Und weiter ging's: »Ein peinliches Missgeschick ist kürzlich dem Kommissar Horst Meyer von der Ulmer Kripo (der legendäre Meyer mit ›ey‹ wie Ei) in Kufstein kurz hinter der deutsch-österreichischen Grenze widerfahren. Weil der brave Beamte der notleidenden Staatskasse und dem leidgeprüften Steuerzahler ganz offensichtlich weitere Kosten für eine Dienstfahrt im Nachbarland ersparen wollte, ›vergaß‹ er bei seiner Einreise nach Österreich, sich rechtzeitig vor dem Grenzübergang mit einem sogenannten ›Pickerl‹ (einer Gebührenmarke für die Fahrt auf österreichischen Autobahnen) zu versehen. Es kam, wie es kommen musste: Sein ›Pickerl-freier‹ Wagen fiel einer Streife des Gendarmeriepostens Kufstein ins Auge und bei einer Überprüfung stellten die österreichischen Beamten tatsächlich das Fehlen des Pickerls fest.

Danach habe ein Wort das andere gegeben, bis die Gendarmen kurzen Prozess machten und den deutschen Polizeibeamten wegen Beleidigung von österreichischen Polizeibeamten kurzerhand festnahmen, seinen Wagen beschlagnahmten und ihn auf die Wache nach Kufstein brachten. Dort saß der Ulmer Kommissar einen ganzen Tag lang in einer Zelle hinter Gittern, bis es ihm gelang, mit seinen Vorgesetzten bei der Kripo zu telefonieren. Die schafften es dann schließlich mit Unterstützung der deutschen Botschaft in Wien, dem so Festgesetzten wieder die Freiheit zu verschaffen. Gegen eine Strafe von umgerechnet 1 000 Mark wurde das bereits eingeleitete Verfahren wegen Beamtenbeleidigung gegen Kommissar Meyer niedergeschlagen und der so auf freien Fuß gesetzte durfte seinen Diensthandlungen in Österreich weiter nachgehen – nicht ohne vorher jedoch ein ›Jahres-pickerl‹ um 550 Schilling erstanden zu haben. Die zahlt jetzt aber, wie die Ulmer Behörde verlauten ließ, der sparsame Beamte selbst und nicht der Steuerzahler, den er so generös hatte entlasten wollen!«

»Kanaillen!« entfuhr es Horst, der vor Zorn mit der Faust auf die Schreibtischplatte hieb. »Diese Schmierfinken haben nicht mal mit mir gesprochen, bevor sie diesen Blödsinn da ins Blatt gebracht haben. Da siehst du mal, wie seriös heutzutage seriöse Zeitungen sind! Ich hätte gute Lust, eine Gegendarstellung zu bringen!«

»Bringt doch nichts«, schüttelte Protnik, der den Artikel inzwischen auch gelesen hatte, den Kopf. »Du weißt doch: Da wird die Geschichte nur noch mal aufgewärmt und dann schreiben sie noch drunter, dass sie zum Abdruck dieser Stellungsnahme nach Paragraph soundsoviel verpflichtet seien, dass sie aber für den Wahrheitsgehalt nicht garantieren könnten. Und das ist dann fast noch schlimmer, als das hier!« Damit deutete er auf die vor ihm liegende Kopie des besagten Artikels.

Mit triumphierender Miene lehnte Uschi Abele am Türpfosten: »Na, die Herren! Habe ich euch zuviel versprochen?!« Ganz offensichtlich war sie mit dem Resultat der »Überraschung« hochzufrieden, von Mitleid mit ihrem Vorgesetzten nicht der Hauch einer Spur.

»Raus!« brüllte da Horst in einer Lautstärke los, die ihn selbst verwunderte. Er hatte gar nicht gewusst, wie laut er sein konnte. »Augenblicklich raus, bevor ich mich vergesse!«

Fluchtartig machte die vollkommen verdatterte Uschi Abele auf dem Absatz kehrt (Protnik registrierte beiläufig Sohlenabdruck Nummer drei binnen weniger Tage auf dem Linoleum-Fußboden.) und schloss geräuschvoll die Glastür hinter den beiden. Bewundernd fixierte Protnik den Kollegen: »Du kannst aber auch losbrüllen, Donnerwetter! Also Tarzan im Urwald ist ein Dreck dagegen!«

Horst räusperte sich heiser: »Die Xanthippe hat's aber auch verdient. Die müssen wir loswerden, sobald irgendwo sonst in der Direktion eine Sekretärinnenstelle frei wird! Wetten, dass die dem Unterhauser auch eine Kopie auf den Schreibtisch gelegt hat, die Kanaille!«

Protnik nickte: »Da kannst du Gift darauf nehmen! Aber glaubst du im Ernst, die nimmt uns jemand ab? Die anderen Kollegen sind doch auch nicht blöd!«

»Wie auch immer!« Diesmal war Horst zu allem entschlossen, jetzt hatte er endgültig die Schnauze voll von Uschi Abele, ihrer Häme, ihrer Illoyalität, ihrer Unfähigkeit, ihrer ...

Weiter kam er in seinen Gedankengängen bezüglich der Qualifikation ihrer Sekretärin aber nicht mehr, denn mit einem Schwung wurde nun die Glastür weit aufgerissen, so dass sie mit der Klinke gegen die neulich erst frisch gestrichene Wand donnerte und dort einen hässlichen tiefen Abdruck hinterließ. Unterhauser hatte es also auch gelesen! Ungestüm wedelte der mit der Kopie des Artikels (folglich waren Horsts Unterstellungen zutreffend gewesen: Das Bebele hatte den Kriminaloberrat tatsächlich taufrisch mit der frohen Botschaft versorgt!) vor Horsts Nase hin und her: »Da – haben Sie schon gesehen?«

Horst nickte und deutete auf das vor ihm liegende Blatt mit demselben Inhalt.

»Und nun? Und jetzt?« Unterhauser schien außer sich. »Was machen wir jetzt? Wir sind doch blamiert bis auf die Knochen!«

Horst zuckte die Schultern und bemühte sich, ein gleichgültiges Gesicht zu machen. Jetzt konnte man der ganzen Sache ja fast noch eine positive Seite abgewinnen, denn das Arschloch vor ihm zitterte ganz eindeutig wegen der eigenen Karriere. Der fürchtete, da bliebe was an seiner stromlinienförmigen weißen (oder vielmehr kohlrabenschwarzen) Weste hängen.

»Ich weiß auch nicht, was wir da machen sollen … Keine Ahnung!«

»Keine Ahnung, keine Ahnung! Erst die Scheiße anrichten und sich dann im Büro den Arsch breitsitzen! Und ich kann gucken, wie wir aus der Kacke wieder herauskommen!«

»Tja, jeder Mensch ist zu was nütze!« brummelte Protnik seinen Spruch von vorhin noch einmal in den Raum.

»Was? Wie?« zu Protniks Glück hatte der tobende Oberrat aber nicht verstanden. »Mensch! Sogar der Chef hat vorher schon angerufen und gefragt, was da denn los ist!«

»Da hilft meiner Meinung nach nur eins!« jetzt war Horst allmählich doch wieder obenauf. Das hoffnungsfrohe Aufblitzen in den Augen Unterhausers stimmte ihn richtiggehend vergnüglich, was er sich natürlich nicht anmerken ließ.

»Und was? Na sagen Sie schon!« Der Karriereaffe war tatsächlich gespannt wie ein Flitzebogen.

Horst ließ sich Zeit mit der Antwort, tat so, als überlege er noch. »Am besten, sie rufen direkt im Innenministerium an und erklären den wahren Sachverhalt!« Peng-der Pfeil war abgeschwirrt …

… und der andere glotzte Horst vollkommen perplex aus seinem Designeranzug heraus an: »Wie? Das Innenministerium? Ich? Ich selber dort anrufen? Und die erst auf die Fährte setzen? Das würde Ihnen so passen!« Allmählich hatte er begriffen und redete sich wieder in Rage: »Nix da! Schauen Sie selber, wie Sie da wieder rauskommen! Gar nix werde ich unternehmen, fertig, aus!«

Protnik beobachtete die Stelle am Fußboden, auf der ihr Vorgesetzter kehrt gemacht hatte, doch zu seinem Erstaunen war dieses Mal nicht mal ein dunkler Fleck auf dem Fußboden zurückgeblieben! »Komisch, wo der Kerl doch so schwarz ist, dass er selbst im Kohlenkeller noch Schatten wirft …«

»Was sagst du?« Horst hatte nicht verstanden.

»Ach nix, aber da sieht man mal wieder, wozu man Chefs braucht! Die gehen doch sofort als Erste in Deckung, wenn ihnen die Kugeln um die Ohren fliegen!«

Horst hatte sich dank der Episode mit dem Innenministerium endgültig wieder gefangen. Es war ja doch jedes Mal fast wie ein Jungbrunnen, den schnöseligen Oberrat auf hundertachtzig zu jagen: Einfach phantastisch! Und so war er auch in Stimmung, noch einen draufzusetzen.

»Sag mal, Sputnik. Kennst du eigentlich den Unterschied zwischen einem Kuhschwanz und einer Krawatte?«

Unterhauser kam bekanntlich grundsätzlich nie ohne ins Büro – wahrscheinlich war der mit so einem Ding schon auf die Welt gekommen.

Protnik überlegte eine Weile, schüttelte dann aber den Kopf. »Nee, keine Ahnung!« Genüsslich lehnte er sich zurück, in Erwartung des Spruchs, der jetzt gleich kommen würde.

»Also …«, Horst wiederholte die Frage nochmals: »Der Unterschied zwischen einem Kuhschwanz und einer Krawatte … Der Kuhschwanz verdeckt das ganze Arschloch!«

Eine Sekunde Zeit zum Nachdenken und dann brach Protnik in schallendes Gelächter aus, begleitet vom nun ebenfalls losprustenden Horst Meyer. Uschi Abele draußen vor ihrem PC-Bildschirm glotzte irritiert durch die Scheibe: Waren die beiden nach dem Artikel von grade eben denn nun vollkommen übergeschnappt?

Kapitel XXX

Der Nachmittag war nicht ganz so lustig verlaufen. Sie hatten sich nun also bereits zum zweiten Mal auf den Weg ins Uniklinikum begeben. Dieses Mal aber hatten sie ihren Entschluss auch umgesetzt und hatten mit der Recherche über Angelika Theurer und ihr Umfeld begonnen. Unangemeldet waren sie auf der Station aufgetaucht, in der Angelika Theurer ihren Dienst versah. Doch die war, wie ihnen die Schwester am Eingang der Station erklärte, momentan noch beschäftigt: Zwei neue Herzpatienten waren gestern von der Intensivstation gekommen und die mussten nun vom Oberarzt und der Theurer erst einmal genauesten untersucht und analysiert werden, dann habe die Frau Doktor eventuell fünf Minuten Zeit für sie.

Natürlich hatten sich Horst und Protnik nicht als Polizisten ausgewiesen, sondern den Eindruck erweckt, es handle sich bei ihnen um Angehörige von irgendwelchen Patienten, die eine Auskunft erhalten wollten. Und so dauerte es fast zwei Stunden, bis sie der Assistenzärztin dann endlich gegenüber standen. Bleich und übernächtigt sah die zierliche Frau aus, fast so, schoss es Horst durch den Kopf, als könne man sie bald selbst zu den Patienten auf der Station legen. Die ohnehin nicht sonderlich attraktiv wirkende Ärztin (Marke »graue Maus« würde Protnik sicher nachher im Auto ihr Aussehen beschreiben) wirkte durch die Strapazen der letzten Wochen zerbrechlich, nervös und in ihrem weißen Arztkittel wie ein Gespenst, das ständig am Übergang zwischen Tod und Leben schwebte.

»Was kann ich für Sie tun?« Seltsam teilnahmslos winkte sie die beiden mit einer fahrigen Bewegung in eine Ecke des Flurs, um ihnen dort, wie üblich, die Neuigkeiten über den Gesundheitszustand des Angehörigen mitzuteilen.

»Sie scheinen mich nicht zu kennen, Frau Theurer«, begann Horst das schwierige Gespräch.

Verwundert blickte ihn die blasse Ärztin an: Jetzt sah er deutlich die tiefen, dunklen Ringe unter den Augen, die zusätzlich darauf hindeuteten, unter welchem Stress und Anspannung die Frau in den vergangenen Wochen gestanden hatte. Und dann ließen sie so jemanden schon wieder auf Patienten los, bei denen es um Leben und Tod ging! Unglaublich, das einst so vorbildliche deutsche Gesundheitswesen!

»Ich war nämlich zur selben Zeit, wie Sie, in Ägypten!«

Ein Schatten lief über Angelika Theurers Gesicht, sie senkte den Kopf und fragte mit leiser Stimme: »Ja – und?«

»Und deshalb wollte ich einmal mit Ihnen reden. Ich war nämlich derjenige, der als Erster bei Ihnen war, als Sie da im Wasser gelegen haben. Aber Sie haben mich wahrscheinlich in dieser furchtbaren Situation gar nicht registriert!«

»Nein«, stammelte sie, fast apathisch, nach wie vor mit gesenktem Kopf.

»Könnten wir drei vielleicht irgendwo hingehen, wo wir ungestörter sind«, deutete Horst auf die Patienten und ihre zahlreich im Flur vertretenen Familienangehörigen in nächster Nähe der drei.

»Ja ja, natürlich«, immer noch wirkte die Ärztin seltsam orientierungslos. »Kommen Sie mit mir, in mein Dienstzimmer.« Dass Protnik ihnen als Dritter im Bunde hinterher watschelte, schien sie gar nicht registriert zu haben, vielleicht war es ihr aber auch vollkommen gleichgültig.

Sie öffnete die Tür des Zimmers, setzte sich in den antiquierten, abgeschossenen Polstersessel und deutete auf das Sofa schräg gegenüber, auf dem die beiden anderen Platz nehmen sollten.

»Frau Theurer«, begann Horst das Gespräch von neuem. »Es war Zufall neulich, dass ich nach Ihrem Unfall der Erste bei Ihnen war. Ich habe auch, wie Sie, Urlaub am Roten Meer gemacht ...« Verdammt, wie sollte er es ihr nur beibringen? Schließlich entschied er sich für den direkten Weg. »Frau Theurer, ich bin von Beruf Kriminalkommissar und das ist ein Kollege von mir, der Herr Protnik.« Protnik deutete auf dem Sofa eine Verneigung an.

Die Tatsache, dass sie zwei Polizisten gegenübersaß, schien Angelika Theurer nicht zu überraschen, zumindest war ihr nichts anzumerken. Sie machte auch keine Anstalten, irgendeine Frage zu stellen.

Das machte es Horst nicht leichter, zum Kern der Sache vorzudringen. »Also, es war reiner Zufall, dass ich als Polizeibeamter diesen Unfall«, beim Stichwort Unfall musterte er sie scharf: Keine Regung war erkennbar! »diesen Unfall mitbekommen habe. Dass Sie genauso wie ich in Ulm arbeiten, kommt noch erstaunlicherweise dazu. Nun meine Frage: Wie hat es denn kommen können, dass Sie mit ihrem Freund auf über 60 Meter hinuntergetaucht sind?«

Langsam hob die Ärztin den Kopf und blickte Horst in die Augen. »Das war ein Unfall«, brachte sie leise zwischen den fast geschlossenen Lippen hervor. »Der Martin – mein Verlobter – hat gemeint, wir könnten heute schon mal auf rund 35 Meter runtergehen. Ich wollte das nicht, aber er hat gesagt, da könne doch nichts passieren. Ja und dann ist es doch passiert ...« Verzweiflung sprach aus ihrem Blick.

»Was ist dann passiert?« Horst war auf die Erklärung dessen, was jetzt kommen würde, wirklich gespannt.

Wieder senkte sie den Kopf und fixierte dumpf einen Punkt irgendwo auf dem Fußboden, als sie langsam weitersprach: »Dann waren wir zehn Minuten bei 35 Metern, das war mir dann wirklich zuviel und ich habe ihm angedeutet, dass ich wieder weiter nach oben wollte, aber er hat das erst nicht zur Kenntnis genommen! Dann, bei 38 Metern hat er sich nach mir umgedreht, einen Purzelbaum unter Wasser geschlagen und mir zugewinkt! Danach hat er mit dem Daumen nach unten gedeutet ...«

Horst wurde klar, was das heißen sollte: Tiefenrausch! Angelika Theurer erzählte ihm gerade, dass Martin Rambacher sich einen Tiefenrausch zugezogen hatte. Das allerdings konnte in Tiefen, die größer als 30 Meter waren, durchaus jedem Taucher widerfahren, unabhängig von seiner sonstigen Konstitution.

Tiefenrausch ... Horst überlegte. Das hatte man Claudia und ihm im Tauchkurs so erklärt: Stickstoff, der ja in der normalen Atemluftfüllung einer Pressluftflasche für Taucher immer in der normalen Konzentration wie an der Oberfläche enthalten ist, hat in größeren Tiefen eine anästhesierende, eine betäubende, Wirkung. Das äußert sich dann in einer gewissen Euphorie, von der sich der Taucher ergriffen fühlt: Alles ist möglich, alles ist machbar, eine größere Tiefe ist kein Problem.

Im fortgeschrittenen Stadium schlägt der Übermut dann um in sinnlose, ja lebensgefährliche Handlungen, der Taucher gerät vollkommen außer Kontrolle. Nur eine sofortige energische Begleitung in geringere Tiefen hilft, diesen Kamikaze-ähnlichen Zustand zu beenden. Das schien in diesem Fall ganz offenbar nicht gelungen zu sein.

»... und dann haben Sie versucht, ihn aufzuhalten.« fuhr Horst nun fort.

»Ja, aber da war nichts zu machen. Er ist immer schneller immer tiefer hinuntergetaucht und dann war ich auf einmal ganz allein da – alles um mich herum war so dunkel, so undurchsichtig, niemand war mehr da ...« Angelika Theurer schien bei der Erinnerung an die albtraumhafte Erfahrung, allmählich ihre mühsam bewahrte Fassung zu verlieren.

»Und dann hat Sie die Panik ergriffen und Sie haben nur noch an eines gedacht: So schnell wie möglich wieder nach oben. Hinauf zum Licht, zur Sonne, zur Luft!« Mutterseelenallein tief unten in der unendlichen, unheimlichen Dunkelheit: Der Albtraum eines jeden Tauchers war das. Gänsehauterregend für jeden, der sich in dieser Sportart auskannte. Oft genug waren so die schlimmsten Tauchunfälle passiert, gerade auch die im Bodensee, in dem die Sichtweite ja schon in ein paar Metern Tiefe in völlige Dunkelheit übergeht.

Und dann in Panik aufsteigen (wenn man überhaupt noch wusste, wo oben und unten war), keinen Sicherheitsstopp mehr einlegen, nur so schnell wie möglich nach oben kommen: So kamen dann die Deko-Unfälle zustande.

Stumm nickte die Ärztin mit dem Kopf.

»Was wissen Sie dann noch? Haben Sie noch irgendetwas bemerkt beim Auftauchen?«

Wieder hob sie den Blick und sah Horst traurig in die Augen. »Nein, ich weiß überhaupt nichts mehr, ich weiß nur, dass ich nach oben wollte, so schnell wie möglich.« Ihre linke Hand krampfte sich um den Kragen des Arztkittels. »Mehr weiß ich dann wirklich nimmer, das nächste, an das ich mich erinnern kann, ist die Druckkammer im Krankenhaus in Hurghada. Das ist alles, was ich sagen kann ...« Bedrückt schaute sie auf den Ring an ihrer Rechten, anscheinend der Verlobungsring, der ihr als einziges von Martin Rambacher geblieben war.

Protnik erhob sich und erklärte entschuldigend, er müsse kurz einmal die Toilette aufsuchen, während Horst eine kurze Pause in der Befragung einlegte, um Angelika Theurer wieder einigermaßen die Fassung zurückgewinnen zu lassen.

Nach drei, vier Minuten, die sie stumm einander gegenübersaßen, fuhr der Kommissar dann fort: »Frau Theurer, leider muss ich Sie noch nach etwas anderem fragen.«

Sie nickte stumm – ahnte sie denn etwa schon, worauf er hinauswollte?

»Also, Sie hatten vor vier Jahren schon einmal einen schlimmen Unfall – diesmal in den Bergen ...«

Mit einem gequälten Gesichtsausdruck blickte sie ihn an. Nein, das war wirklich nicht das Gesicht einer Mörderin, das ihm da so verzweifelt entgegenschaute! Und konnte sie eine derartige Verzweiflung tatsächlich so überzeugend spielen? Horst fragte sich allmählich, was er eigentlich von diesem bemitleidenswerten Geschöpf wollte, wo war denn irgendein Tatmotiv: Wenn es beim ersten Fall noch Eifersucht oder verletzte Eitelkeit wegen der bevorstehenden Trennung sein konnten, was war es denn dann dieses Mal, wo ja die Beziehung allem Anschein nach viel besser gewesen war? Dennoch setzte er seine Befragung fort ...

Kapitel XXXI

Stumm und in Gedanken versunken, fuhren die beiden Kommissare die ersten Kilometer ins Büro zurück, bis Horst schließlich das Schweigen brach. »Du Michael, also ich weiß nicht, ich glaub, ich war da von Anfang an auf dem Holzweg! Wenn du den Gesichtsausdruck von der Theurer gesehen hättest, als ich dann auch noch mit dem zweiten Unglück angefangen habe ...«

An dieser Stelle hielt er inne und blickte kurz zu Protnik herüber. »Sag mal, bist du eigentlich ins Klo gefallen oder weshalb bist du nicht mehr ins Zimmer hereingekommen?«

»Nee, das war's nicht«, antwortete der Gefragte. »Aber ich hab da halt so eine Idee gehabt ...«

»Aha«, Horst Meyer hatte nicht die Spur einer Ahnung, auf welche Idee der Kollege wohl verfallen sein konnte. »Na los, mach schon und spann mich nicht auf die Folter!« drängelte er das Phlegma neben sich. Protnik konnte einem manchmal aber auch wirklich furchtbar auf die Nerven gehen!

»Ja, also«, begann der zögerlich mit seiner Erklärung. »Ich hab mir gedacht, du kriegst das mit der alleine hin, da brauchst du mich nicht dazu – und ein Geständnis hast du ja wohl genauso wenig erwartet, wie ich!«

Horst nickte: »Allerdings!« Und er war sich sowieso gar nicht mehr sicher, ob es überhaupt zu einem kommen würde.

»Eben drum!« Wie zur Bekräftigung seiner Meinung schlug Protnik mit der rechten Hand auf das Lenkrad.

»Und da hab ich mir gedacht, gehst du mal fragen, ob der Oberarzt grade fünf Minuten Zeit hat. Die hatte er natürlich nicht und dann aber natürlich doch, als ich ihm die Hundemarke gezeigt habe!«

»Was hast du?!« kerzengerade richtete Horst sich im Beifahrersitz auf.

»Ja hast du sie denn noch alle ... Damit hast du jetzt dem ganzen Klinikum bekannt gegeben, dass die Kripo in einem Fall gegen Angelika Theurer ermittelt. Das könnte die dann vollends aus den Latschen hauen! Ist dir das eigentlich klar gewesen?!«

»War es«, nickte Protnik, dessen östliche Wurzeln ihn ganz offensichtlich manchmal eisenhart vor Skrupeln irgendwelcher Art bestens bewahrten. »Aber dafür hab ich auch eine Menge an Neuigkeiten rausbekommen – nämlich beispielsweise die: Angelika Theurer gilt unter der Ärzteschaft in der Inneren als tragische Figur. Eben weil sie schon mal einen Freund verloren hat und weil sie ja nicht unbedingt so aussieht, als würde sie morgen eine Schönheitskonkurrenz gewinnen. Deshalb hat sie sich immer an jüngere herangemacht, an Medizinstudenten, die ja irgendwie in ihrer Ausbildung mit ihr zu tun gehabt haben. Die hat sie beeindrucken können, mit ihrem offensichtbar wirklich enormen Wissen und ihrer Diagnosefestigkeit.« Bedeutungsvoll schaute er nach dieser Aussage zu Horst hinüber.

Der zuckte einigermaßen ratlos mit den Schultern. »Na und? Sieht ja jeder, dass die als Miß World keine Chance hätte! Dann steht sie halt auf jüngere Semester ...«

Protnik war noch nicht fertig: »Moment, Moment! Die zwei Beziehungen waren nicht die einzigen, die im Klinikum bekannt sind. Der Oberarzt ist zum Glück selber schon seit sechs Jahren da und kennt die Theurer, wie wahrscheinlich kaum ein anderer. Wegen ihres Privatlebens, sagt er, hätte er ihr am liebsten schon längst den Laufpass gegeben. Aber sie sei halt andererseits eine begnadete Ärztin und deshalb habe er ihr immer die Stange gehalten!«

»Wie? Immer die Stange gehalten?« wunderte sich Horst Meyer. »Was hat das eine denn mit dem anderen zu tun. Ich denke, Dienst ist Dienst und Schnaps ist Schnaps, oder?« Nur bei dem bloßen Gedanken an Schnaps fühlte Horst wieder ein merkwürdiges Stechen in der Magengegend.

»Weil ihre Affären und Eifersüchteleien eben derart überhand genommen haben, dass sie auch in den Arbeitsalltag hineingetragen worden sind. Die war anscheinend krankhaft eifersüchtig: Kaum hat sie sich mal einen geangelt gehabt, schon hat der keine Krankenschwester auch nur von der Seite angucken dürfen oder die ihn, und schon ist der Zinnober losgegangen. Es müssen sich da teilweise an den Krankenbetten Szenen abgespielt haben, die müssen filmreif gewesen sein, behauptet der Oberarzt. Einmal sogar hat sie sich auf dem Flur mit einer Schwester geprügelt und an den Haaren gezogen, dass der Oberarzt erst mal zwei Pfleger zu Hilfe gerufen hat, um die beiden auseinander zu bringen.« Bedeutungsvoll sah Protnik nun seinen Kollegen an – doch der schien von nichts und niemand überzeugt.

»Ja und?! Das beweist doch letztendlich bloß, dass sie ihre beiden Freunde wirklich geliebt hat und sie nie und nimmer umgebracht haben kann, oder?«

»Eben nicht. Definitiv stand damals bei der Beziehung mit Joachim Matthes fest, dass der Freund die ständigen Vorhaltungen und Eifersuchtsdramen nicht mehr aushalten konnte oder wollte. Das sagt auf jeden Fall der Oberarzt. Der hatte ganz einfach die Schnauze voll, ständig irgendetwas vorgehalten zu bekommen, was er nicht getan hatte. Der wollte ganz einfach nicht mehr. Der wollte nur noch eins: Schluss machen!«

»O.K, akzeptiert. Aber wie war's nun dieses Mal?«

»Dem ›dieses Mal‹ sind zwei andere kurzfristige Beziehungen vorausgegangen, die waren aber schneller beendet, als sie begonnen haben, nichts Ernstes also. Dann aber die Geschichte mit Martin Rambacher: Da war's, sagt der Oberarzt, ganz genau so. Der Martin Rambacher muss ein sehr netter, einfach gestrickter Mensch gewesen sein. Und den hat sie sich voll und ganz gekrallt. Auf die Idee mit der Verlobung sei auch sie verfallen und nicht er, das ist im Klinikum ein offenes Geheimnis ...«

»Na ja, das ist eben heutzutage manchmal so, dass die Weiber den Spieß umdrehen«, knurrte Horst beiläufig, nur, um etwas gesagt zu haben.

»Schon, aber auf jeden Fall hat sie den Armen ganz und gar in Beschlag genommen. Und wenn sie ihre bisherigen Freunde nicht mal links und rechts hat gucken lassen vor Eifersucht, dann hat sie den Rambacher nicht mal mehr geradeaus schauen lassen. Eine Szene hat die nächste gejagt und der arme Trottel war anscheinend nicht fähig, sich irgendwie zur Wehr zu setzen. Die ganze Station habe schon über die beiden gelacht, sagt der Doktor. Und jetzt so was!« Neugierig warf Protnik einen Blick auf Meyer.

Doch der saß nur stumm neben ihm im Wagen und grübelte gedankenverloren vor sich hin.

Kapitel XXXII

Es war wieder spät geworden, als Horst endlich die Haustür aufschloss und den auch an diesem Abend ungewohnt stillen Flur betrat. *Bitte nicht schon wieder!* Claudia saß in der Tat wieder auf dem Wohnzimmersofa, blätterte aber nicht wieder in dem Schundblatt von gestern, sondern schien derart interessiert ein Kapitel in ihrem Taucherhandbuch zu verfolgen, dass sie den eintretenden Horst ganz offensichtlich diesmal wirklich nicht bemerkt hatte.

»Hallo Schatz, Guten Abend!« Horst versuchte es auf die »Ist-doch-gestern-nix-gewesen-Tour«.

»Hallo Liebling! Entschuldige – ich hab dich heute gar nicht kommen hören!«

Na Gott sei Dank – die Sache mit der Resi war also anscheinend vergeben ... oder zumindest vergessen.

»Du, da war vorhin ein Anruf ...« *Nein, bloß das nicht!!* »Mike war am Telefon.« *Dem Himmel sei Dank!*

»Ja – ist ja schön, dass der sich mal gemeldet hat. Wie geht's ihm denn?«

»Alles roger anscheinend! Er wollte uns bloß sagen, dass sie ihm doch nicht den Kopf abgehauen haben. Die Prüfung von seinem Lizenzgeber sei gnadenlos gewesen, aber man habe schließlich entschieden, dass er die Lizenz und damit auch seine Tauchstation behalten kann. Es darf jetzt halt so schnell nichts mehr passieren!«

»Worauf du dich mit Sicherheit verlassen kannst! Aber die in Ägypten haben seit dem Schlamassel letzte Woche jetzt auch ganz andere Sorgen!« Letzte Woche hatten islamistische Extremisten bei einem geplanten Mordanschlag 56 Touristen in Luxor umgebracht, um den ägyptischen Staat, der mittlerweile einen Großteil seiner Einkünfte aus dem Tourismusgeschäft bezog, an seiner empfindlichsten Stelle zu treffen.

Die Schwiegermutter hatte auf diese Nachricht hin vorwurfsvoll erwähnt, wie verantwortungslos es von den beiden Meyers gewesen sei, in einem offensichtlichen Krisengebiet Urlaub zu machen, und das mit zwei netten gesunden Kindern zuhause! Was, wenn der Anschlag ihnen gegolten hätte? Die beiden hatten versprochen, dass Ägypten für sie in absehbarer Zeit nicht mehr in Frage kommen würde.

Zum Entschluss, künftig im November zuhause zu bleiben und anstatt des Reisepreises lieber die Hypotheken für das Haus und Claudias Praxis schneller abzubezahlen, hatten sie sich freilich dennoch nicht hinreißen lassen. Zum Glück hatte die Oma nicht noch weiter gebohrt und die Diskussion mit allen Anzeichen der Missbilligung abgebrochen, bevor sie hart geworden war.

Aber eine Eskalation hätte ja keiner Seite genutzt: Die Meyers hätten einen verlässlichen Babysitter verloren, der schon mehr als einmal hilfreich in die Bresche gesprungen war und die Oma andererseits hatte befürchtet, bei allzu forschem Vorgehen womöglich Besuchsverbot für ihre heißgeliebten Enkel zu bekommen. So ein Quatsch, aber manchmal trugen Missverständnisse auch tatsächlich dazu bei, offenen Streit zu vermeiden.

»Also wenn die ihren Terrorismus nicht in Griff kriegen, dann können sie den Tourismus wirklich vergessen. Und die Taucher dazu!«

»Ach übrigens, mir hat die Sache mit dem Unglück auch keine Ruhe gelassen«, warf Claudia beiläufig ein. »Ich hab da zufällig heute morgen mit einem Kollegen telefonieren müssen, mit einem Internisten. Der ist ausgebildeter Taucherarzt und hat außerdem selber sämtliche Scheine, die es so gibt beim Tauchen.«

»Erzähl weiter!« Horst war gespannt, was eine solche Ferndiagnose bringen konnte.

»Also, der hat klipp und klar gesagt, es sei ein Ding der Unmöglichkeit, dass die Theurer ihren Aufstieg aus 65 Meter irgendwie als kontrollierten Notaufstieg geplant haben kann. Kein Mensch könne sich sicher sein, aus einer solchen Tiefe mit einer solchen abartigen Geschwindigkeit aufzutauchen, ohne dass ein Gesundheitsrisiko auszuschließen sei. Also wer so was macht, sagt der ganz eindeutig, spielt mit seinem Leben. Wenn es mit anderen Worten da unten keine Panik war, dann war es versuchter Selbstmord oder zumindest, was ich mir überlegt habe, am Schluss die pure Angst vor dem Sterben und deshalb das Durchschießen ohne Sicherheitsstopp bis an die Wasseroberfläche.«

Das war es ja, was Horst auch schon gedacht hatte. Aber das Motiv, das Motiv!! Und wenn es nun doch die schiere Verzweiflung nach dem Unfall gewesen war, was wenn er heute Nachmittag der Ärztin mit seinen bohrenden, ganz eindeutig in eine bestimmte

Richtung zielenden Fragen bitter Unrecht getan hatte?

Waren diese Zweifel, die er selber hegte, auch der Grund dafür gewesen, dass er es am Schluss feige vermieden hatte, nach den Atropinfläschchen und den beiden Spritzen zu fragen, die sie in ihrem Gepäck gefunden hatten? War sie nicht sowieso schon vor ihm dagesessen, wie ein Häufchen Elend? Besaß er denn nicht Menschenkenntnis genug, um zu sehen, wie sehr ihr die ganze aktuelle Geschichte und dann auch noch die aufgewärmte Unfallsache aus Osttirol an die Nieren ging? Hatte er ihr an diesem Nachmittag nicht eh schon viel zu viel zugemutet? Mit einem schlechten Gefühl legte sich Horst in dieser Nacht schlafen.

Kapitel XXXIII

Auch der nächste Morgen hatte dieses unangenehme Gefühl, das sich allmählich in ihm aufbaute, noch nicht verscheucht. Missmutig fuhr er ins Büro, wo er als Erster ankam. Die Abele konnte seinetwegen sowieso bleiben, wo der Pfeffer wächst, und Protnik hatte ihm ja schließlich gestern schon erklärt, dass er noch vom Krankenhaus aus bereits für heute um acht Uhr einen Termin mit der Polizeipsychologin ausgemacht hatte. Das war die einzige Uhrzeit gewesen, wo die Psychologin noch Zeit gehabt hatte. »Möchte bloß wissen, was diese Seelenklempner den ganzen Tag über eigentlich so alles treiben. Wenn man sie braucht, dann sind sie doch nie da«, hatte Horst noch vor sich hingebrummt, war aber nach einem vorwurfsvollen Seitenblick von Protnik verstummt.

Ja und da kam der Sputnik auch tatsächlich schon ins Büro gestürmt, drückte dem Bebele, nein, das konnte doch nicht wahr sein(!) tatsächlich einen dicken Kuss auf die Wange, was die mit einem empörten Grunzen quittierte, und schon ließ er sich frohgelaunt und munter in seinen Stuhl fallen. Erstaunlich, dass der Drehstuhl das immer anstandslos aushielt, ohne in die Knie zu gehen!

»Du siehst ja aus, als hättest du sechs Richtige im Lotto gehabt«, kommentierte Horst brummig die ganz offensichtlich blendende Laune seines Gegenübers.

»Vergiss die Superzahl nicht«, hob der mahnend den Zeigefinger. »Aber im Ernst, die Seelendoktors sind manchmal gar nicht so unnütz, wie sie aussehen!«

»Komm, sag bloß dass ausgerechnet die Kögel dir tatsächlich auf die Sprünge geholfen hat«, Horst war und blieb skeptisch.

»Also jetzt lass mal deine Vorurteile sausen und hör' mir genau zu: Ich hab mit der Kögel tatsächlich noch mal die ganze Geschichte durchgekaut. Unfall eins, Unfall zwei, Bruch der Freundschaft, Aussehen ...«

»Da bist du ja bei dieser Schleiereule grade an die Richtige gekommen«, warf Horst beiläufig ein, was ihm einen tadelnden Blick von Protnik und einen drohenden von Uschi Abele einbrachte, die nur das Wort »Schleiereule« gehört hatte und das – eigentlich durchaus nicht zu Unrecht – gleich wieder auf sich gemünzt hatte.

Protnik stand auf und machte die Tür hinter sich zu. Der zweite unheilverkündende Blick der Sekretärin traf so den ungeschützten Protnik, aber der schien momentan dafür keine Ader zu haben. »Also, pass auf, es geht weiter: Ich hab ihr das alles erklärt, das mit den Tuscheleien im Klinikum, mit den viel jüngeren Freunden, die alle Medizinstudenten waren und die sich von der Beziehung auch immer etwas in Sachen Studium erhofft haben sollen. Dann die Eifersuchtsdramen, die sich da abgespielt haben und so weiter und so fort ...« Er machte eine bedeutungsvolle Kunstpause.

»Ja und was jetzt?« drängte Horst, der eigentlich vorgehabt hatte, noch mal ins Klinikum zu fahren.

»Also die Psychologin ist sich ziemlich sicher, dass sie ein Profil von der Theurer erstellen kann, das die eindeutig als Psychopathin ausweist. Sie sagt, es sei möglich, aber dazu müsste sie sie ja erst selbst kennenlernen, dass der erste Mord wirklich aus Angst verübt worden ist, von ihrem Freund verlassen zu werden und dass sich dann im Lauf der Jahre die Eifersucht immer stärker Bahn gebrochen hat und geradezu krankhaft geworden ist. Da mag ein unbeabsichtigter harmloser Blick im Krankenhaus oder am Strand in Ägypten genügt haben und schon sei sie wieder in Panik geraten, habe Angst vor dem neuerlichen Verlassenwerden gehabt und da sei es zu einer Kurzschlussreaktion gekommen, möglicherweise …«

»… Möglicherweise!« echote Horst. »Hätte, könnte, wollte! Kann sein, kann aber auch nicht sein. Und wie sollen wir es anstellen, dass die Theurer bei der Kögel auf die Couch kommt? Sollen wir sie etwa verhaften und mit Gewalt anschleppen? Dazu ist die Beweislage doch viel zu dünn! Die machen uns einen Kopf kürzer, wenn wir das tun, das ist dir doch hoffentlich auch klar, oder?«

Protnik nickte ernüchtert. »Okay, geb ich ja zu. Verdammt noch mal«, wütend hieb er mit der Faust auf den Schreibtisch. »Wieso hast du auch ausgerechnet da in Hurghada Urlaub machen müssen und den ganzen Kram dann mit hier hergebracht!«

Der Morgen, so schön er auch für Protnik begonnen hatte, war im Eimer, das stand fest!

»Weiß ich ja langsam auch nimmer«, entgegnete Horst unglücklich. »Am besten wär wohl tatsächlich gewesen, ich hätte zumindest den Kopf herumgedreht und mich um nix gekümmert, aber jetzt ist es halt …«

Vom Klingeln des Telefons auf Protniks Schreibtisch wurde er unterbrochen. Der nahm den Hörer ab und meldete sich mit Namen. »Ja, das bin ich. Ja, ich war gestern Nachmittag bei Ihnen, richtig. Ja, bitteschön.« Gespannt hörte er, was die Stimme am anderen Ende der Leitung zu berichten wusste.

»Was?! Aber das ist ja nicht möglich!« Protnik schien mit einemmal völlig außer sich. »Aber das gibt's doch nicht! Sind sie auch vollkommen sicher? Ja, natürlich, Sie sind Arzt, Entschuldigung!«

Jetzt war Horst ebenfalls gespannt, worum es in dem Telefongespräch wohl ging, wenn sich der sonst so besonnene Protnik mit einem Mal so echauffierte.

»Und wann ist das passiert? Heute morgen sagen Sie, beim Ende des Nachtdienstes? Aha, vielen Dank, ja sicher, wir kommen gleich!« Er warf seinem Kollegen einen bedeutungsvollen Blick zu.

»Ach, eine Frage noch, Herr Doktor: Können Sie schon sagen, wie es passiert ist? Ja?« Noch solch ein vielsagender Blick. »Ja, ich bin noch dran. Ach! Entschuldigung – und Sie sind sich wirklich ganz sicher? Ja, gut, verstehe. Vielen Dank, wir sind dann in ungefähr einer halben Stunde bei Ihnen.« Langsam legte Protnik den Hörer auf die Gabel, lehnte sich dann betroffen im Sessel zurück und faltete die Hände.

»Du glaubst es nicht ...« begann er, doch in Horst stieg schon die Ahnung auf.

»Es war der Oberarzt, mit dem ich gestern gesprochen habe. Ich habe ihm meine Telefonnummer dagelassen.« Für einen Augenblick schloss er die Augen. »Sie haben vorhin die Theurer im Arztzimmer gefunden – tot. Sie hatte Nachtschicht und beim Schichtwechsel dann haben sie die Bescherung gesehen – es ist eindeutig. Sie hat sich eine vierfache Dosis Atropin gespritzt – daran besteht nicht der geringste Zweifel!«

Horst starrte auf die Wand vor sich ins Leere: Es war wirklich ein Scheißtag heute!

ENDE

KRIMI IM GMEINER-VERLAG

Peter Wark
Versandet

260 Seiten. 11 x 18 cm. Paperback.
ISBN 3-926633-57-3. € 9,90.

Beim Bau einer Sandburg macht Aussteiger Martin Ebel, der seine Stuttgarter Heimat mit der idyllischen Kanareninsel La Palma tauschte, eine grausame Entdeckung: Ein leichenstarrer Arm streckt sich ihm aus dem Ufersand entgegen.
Dass es sich bei der Leiche um einen ehemaligen Bekannten aus dem Schwabenland handelt, ist nicht gerade von Vorteil für ihn. Die spanische Polizei scheint sich immer hartnäckiger darauf zu versteifen, dass der ehemalige Rechtsanwalt und jetzige Aussteiger der ideale Täter ist. Und auch die Inselmafia zeigt plötzlich Interesse am bis dahin harmlosen Individualisten.

Peter Wark
Machenschaften

277 Seiten. 11 x 18 cm. Paperback.
ISBN 3-926633-54-9. € 9,90.

»Stadtrat und Unternehmer fällt Mord zum Opfer« lautet die Überschrift, die die Ruhe des in die schwäbische Provinz abgetauchten und Bike-begeisterten Journalisten Jörg Malthaner mit einem Schlag beendet. Tief verwickelt scheint der Kompagnon des toten Software-Unternehmers – und gleichzeitig enger Freund Malthaners –, der seit der Tat spurlos verschwunden ist.
Doch je näher er der Lösung kommt, desto gefährlicher werden plötzlich seine über alles geliebten Bike-Touren über die Schwäbische Alb.

natürlich aus dem
Gmeiner-Verlag

Ehnried-Hof
88605 Meßkirch
Telefon 07575/927790
Telefax 07575/927791
www.gmeiner-verlag.de
info@gmeiner-verlag.de

Peter Wark

Albtraum

285 Seiten. 11 x 18 cm. Paperback.
ISBN 3-926633-45-X. € 9,90.

Ein unbekannter Toter am Stuttgarter Flughafen – Mord. Warum wird gerade der Stuttgarter Journalist Jörg Malthaner von der Polizei an den Tatort gerufen? Der Tote entpuppt sich als Malthaners früherer Schulfreund. Bei eigenen Recherchen in seiner Heimat auf der Schwäbischen Alb, findet er heraus, dass der ehemalige Musterschüler in üble Geschichten verstrickt war und womöglich Geld in Millionenhöhe unterschlagen hat.
Noch ehe es ihm richtig klar wird, gerät Malthaner selbst in die Fänge einer kriminellen Bande.

KRIMI IM GMEINER-VERLAG

Candida C. Stapf

Wasserfälle

227 Seiten. 11 x 18 cm. Paperback.
ISBN 3-926633-57-3. € 9,90.

Diese ganze beschaulich kitschige Urlaubsidylle von Strand und Wasser wird in diesen ganz und gar ungewöhnlichen und gruseligen Geschichten, die am und im Wasser spielen, zunichte gemacht.
Mal ist es der langjährige Freund der Familie, der sich auf ein tödliches Techtelmechtel einlässt, mal die beste Freundin, die sich urplötzlich als intrigante Konkurrentin entpuppt! Doch die Erkenntnis reift jedes Mal genauso überraschend wie viel zu spät für die Opfer: Die Falle ist längst zugeschnappt, und es gibt kein Entrinnen mehr.
Vollkommen harmlos scheinende Tatbestände entwickeln sich – ganz leise und unauffällig –, um danach umso heftiger mit einem gewaltigen Ausbruch an Emotionen zu explodieren.

Gunter Haug

Höllenfahrt

233 Seiten. 11 x 18 cm. Paperback.
ISBN 3-926633-49-2. € 9,90.

Kommissar Horst »Hotte« Meyer glaubt im falschen Film zu sein. Ausgerechnet bei der Zugfahrt im Regional-Express von Stuttgart nach Tuttlingen widerfährt ihm Merkwürdiges: Er befindet sich in (fast) derselben bedrückenden Situation wie vor knapp zehn Jahren eine junge Frau, die zum rätselhaften Opfer einer Bluttat geworden ist. Und was dem unermüdlichen Ermittler damals viele schlaflose Nächte bescherte, ist plötzlich wieder da. Erinnerungen, die sich vor dem Kommissar auftürmen, der inzwischen selbst regelrecht in der Klemme sitzt.

Gunter Haug

Todesstoß

278 Seiten. 11 x 18 cm. Paperback.
ISBN 3-926633-46-8. € 9,90.

Mord beim größten Ritterturnier der Welt! Auf Schloss Kaltenberg zwischen Augsburg und Landsberg ist vor den Augen von zehntausend entsetzten Zuschauern ein heimtückischer Mord geschehen. Und mittendrin im Geschehen: Horst »Hotte« Meyer, der Kommissar aus Heilbronn. Die Spur eigener Recherchen führt ihn in die württembergische Weinszene ins Unterland, wo er üble Machenschaften aufdeckt. Doch der Fall scheint im Sande zu verlaufen, bis er fast ein Jahr später bei einem mittelalterlichen Treiben in Heilbronn auf merkwürdige Bekannte trifft.

KRIMI IM GMEINER-VERLAG

Gunter Haug
Tiefenrausch

221 Seiten. 11 x 18 cm. Paperback.
ISBN 3-926633-41-7. € ,90.

Horst »Hotte« Meyer, Kriminalkommissar im Urlaub in Ägypten, glaubt seinen Augen nicht zu trauen: 65 Meter zeigt der Tauchcomputer der verunglückten Taucherin an, die mit allen Anzeichen der Dekokrankheit im letzten Augenblick gerettet wurde. Doch wo ist ihr Tauchpartner? War es ein Unfall, war es Leichtsinn oder Mord?

Gunter Haug
Spannung pur im Dreierpack

»Tiefenrausch«, »Riffhaie« und »Sturmwarnung« im Schuber.
ISBN 3-926633-44-1. € 24,–.

Holen sie sich mit diesem besonderen Angebot die gebündelte Spannung ins Haus! Im attraktiv gestalteten Schuber stehen die drei Schwabenkrimis »Tiefenrausch«, »Riffhaie« und »Sturmwarnung« von Gunter Haug immer am rechten Platz.

natürlich aus dem
Gmeiner-Verlag

Ehnried-Hof
88605 Meßkirch
Telefon 07575/927790
Telefax 07575/927791
www.gmeiner-verlag.de
info@gmeiner-verlag.de